— 書き下ろし長編官能小説 —

みだれ酔いお姉さん

北條拓人

JN042923

竹書房ラブロマン文庫

目次

この作品は、竹書房ラブロマン文庫のために
書き下ろされたものです。

序章

エレガントなボルドー系のルージュに彩《いろど》られた色っぽい唇を、熱烈に颯太《そうた》は奪った。

「あん……んふぅ、むほぉ……んむむむ……」

互いに唇をパクパクと開け閉めして粘膜と粘膜を擦《こす》りつけ合う。

ふっくらとした感触と生暖かい温《ぬく》もりが颯太の獣欲を否応なく沸騰《ふっとう》させる。

おんなの後頭部にあてがっていた掌《てのひら》を、ゆっくりとその背筋へと落としていく。

即座に女体がビクンと震え、たまらない反応を見せてくれる。

「んんっ……んっ、んんっ！」

微熱《びねつ》を帯びた女体は、その背筋ですらしなやかでやわらかく、それでいてひどく官能的な触り心地。触れるほどに込み上げる劣情をぶつけるように、颯太はなおも彼女の唇を貪《むさぼ》る。

かつてこれほど情熱的にキスしたことなどあっただろうか。

その湿った感触は、どれほど味わっても飽きることがない。それどころか唇を重ねるたびに凄《すさ》まじく官能味を増していくのだ。

「んんっ！　んふぅ、んんんん……っ」

ねっとりとした手つきで、引き締まった肉付きをまさぐると、颯太の口腔の中に、いくつもの悩ましい吐息が弾《はじ》ける。

(これって夢だよな……。それもただの夢じゃない。淫夢《いんむ》ってやつだ……。にしてもエロッ！)

夢と思うのも当然、まるで桃源郷をフワフワと漂《ただよ》うような心地で、極上の唇を貪っている。

夢、まぼろしの類《たぐい》のはずなのに、迸《ほとばし》る興奮を抑《おさ》えきれない。

(いや、待てよ。こんなにリアルな感触が……。これって本当に夢なのか？)

それでも、やはりこれは夢なのだろう。こんなに官能的で美しいおんなが現実に存在するはずがない。

特にその伸びやかな肢体は、見事としか言いようがない。

いつの間にか下着姿に剥《む》いた胸元は、いまにもブラジャーから零《こぼ》れ落ちてしまいそうな媚果実《びかじつ》。Ｄカップほどの大きさながら酷くウエストが括《くび》れているため、サイズ以上に大きく見える。深い谷間が艶《つや》を帯びて乳白色に輝いているのが、美しくも扇情的だ。

引き締まった腹部と括《くび》れた腰、さらにそこから連なる美脚までの優美なラインは、まるでモデル並みの流線型を誇りながらも、その太ももは女性的なピチピチとした官能味を湛《たた》えている。

グラビアアイドルも顔負けの美しい容貌《ようぼう》。その蕩《とろ》けた貌《かお》にふと見覚えがあるように感じたものの、それも夢であれば当然なのかもしれない。いずれどこかで見た女性をモデルに脳が作り出した幻影なのだから。

（誰かに似ているよな……。誰に似ているのだろう……）

ＴＶの中から出てきたようなこれほどの美女が、颯太の知り合いであるはずがない。それもいかにも愛《いと》しげにうっとりとした表情で見つめ返してくるのだ。

（誰でもいいか。こんなおんなとやれるなら、夢でも構わない……！）

「私のおっぱいが、欲しいのね？　どうぞ召し上がれ」

恥じらいながら自らブラを外し、おんなは生のＤカップを颯太に差し出す。

「か、佳純《かすみ》さんっ！」

欲情と興奮をたっぷりまぶし、その名を呼ぶ。それでいて自分が彼女の名を知っていることを不思議に感じている。

片や夢などそんなものと妙な納得をしつつ、まんまるの双乳に飛び掛かるようにして両手で左右から摑《つか》み、目を輝かせながらマシュマロを搾《しぼ》った。

「ああっ、熱い指が、食い込んでくる！」

乳房に触れられただけでも甘い疼《うず》きが芽生《めば》えるのか、悩ましく女体がブルブルッと震える。その反応に気をよくして颯太は、容赦なく鷲摑み、ピュアなピンクの乳輪が膨《ふく》れ上がるほど揉《も》み立てていく。

「は、あぁぁぁっ……！」

刹那《せつな》に容《かたち》のいい唇から艶《なま》めかしい声が漏《も》れた。

その恥じらいの表情は、どこか期待の色に満ちている。その美貌を上目遣《うわめづか》いに眺めながら颯太は、美女のＤカップの頂点へと迫る。

「あぁっ。いけないお口に乳首をおしゃぶりされるのね」

おんなの期待に違《たが》わず唇からべーっと伸ばした舌先で、とうとうおんなの乳頭を舐《な》め回した。

「ひ、ぁあッ！」

「佳純さんのおっぱい、美味《おい》しいです……もっと！」

欲情に火照《ほて》る貌を豊満な乳房に押し付けるようにして、乳首を舐めしゃぶる。

そこにも濃厚な汗の匂い。

「あぁん……。こんなに熱心に舐められるの、はじめてかも……」

なおも夢中で、口づけと乳首へのしゃぶりつけを繰り返しながら、右手では彼女の下腹部をまさぐる。

「あっ！　あぁ、そんな悪い悪戯《いたずら》を……。あん、だめぇっ。私、もう濡らしているから……」

微熱を帯びた船底にしきりに指先を擦り付け、その湿り具合を探る。

「濡らしているから、なに？　もう挿入《い》れてもいいの？」

美しい美貌をこくりと小さく上下させる佳純に、矢も楯もたまらず颯太は、その下腹部の薄布を引きずり降ろし、すんなりと伸びた下肢から抜き取った。

「あん！」

短い悲鳴が上がったのは、颯太の手がそこに舞い戻り、潤《うる》み濡れた花びらをやおらに摘《つ》み取ったからだ。

ぬるんとした愛蜜を指先に掬《すく》い取り、牝肉《めにく》の表面に滑らせてから牝芯にもその潤みをまぶしてやる。

「ひあぁ、そ、そこは……！」

狼狽《ろうばい》する美女を尻目に、牝芯を親指と人差し指で挟み、やさしくすり潰す。

鋭い性電流に打たれ、美麗な女体がビクビクビクンと痙攣《けいれん》する。

揺れ動く乳房の先端も再び唇で摘み取り、おんなの特に敏感な器官を二処《にところ》責めにしていく。

空いている片手で自らのパンツを引きずり下ろすと、すっかり屹立《きつりつ》した分身がぶるんと空気を震わせた。

「ああ、大きい！　とっても逞《たくま》しいのね……！」

まるで颯太の分身に触発されたかの如く、彼女の牝芯も膨らみを増す。

包皮がつるんと向け、その中からルビーの陰核が貌を覗《のぞ》かせた。

ここぞとばかりに颯太は中指をその頭に押し当てては、クリンクリンと転がすように撫で擦る。

「あっ、ああん、いやあ……。そんな感じ過ぎちゃううっ……。クリトリスそんなにしちゃ、いやぁっ！」

抗《あらが》う言葉を吐きながらも佳純は、細腰を軽く浮かせて颯太の指先に押し付けてくる。

「ねえ。焦《じ》らさずにもう挿入《い》れて……。私のここに……」

やはりこれは夢なのだろう。いつの間にか佳純が四つん這いになり、逆ハート形の悩ましいお尻を颯太に突き出している。

「お願い……もう、我慢できない」

切なげに眉根を寄せて懇願する。美しい貌は淫《みだ》らな牝《めす》に変容していた。

「ここよ。ここに欲しいのっ。バックから犯して……！」

引き締まったウエストと見事なコントラストをなす白いヒップをくねらせて、なおも颯太を誘う。

淫欲に駆られた若牡《わかおす》は、隆々とした逸物《いちもつ》で美女の尻肉を叩いた。

「ああん……すごい！」

これから貫《つらぬ》かれる肉の凶器を肩越しに振り返り、それを見つめるおんなが、わずかに唇を舐めた。溶け切った瞳の奥には、淫靡《いんび》な牝の本性を潜ませている。

てらてらと濡れ光る花弁を肉塊の先端でノックするように弄《もてあそ》ぶと、美しいおんなが鼻を鳴らして甘えるように抗議する。

「ああん、意地悪ぅ……もう、焦らされるのは、いや……」

尖らせた唇、潤んだ瞳、甘い鼻息、その全てで媚《こ》びるようにして颯太をそそる。

「じゃあ、挿《い》入れるね」

自分が焦らしていたはずなのに、切ないまでに肉棒が疼《うず》いている。むしろ、自分の方が欲情していると自覚して、颯太は先端で淫弁をかき分けるように侵入を開始させた。

「はんっ……いいっ……」

ウェーブのかかったセミロングが揺れ、濃厚な吐息が部屋の湿度をさらに上げる。

「ぐちゃぐちゃに濡らしているね」

白桃の如きヒップを抱え込み、極太の雁首《かりくび》から幹《みき》の中ほどまでを咥《くわ》え込ませた。

「はううんっ……」

途端《とたん》に、潤み切った膣肉がムギュリと肉棒を抱きすくめる。同時に、蜜洞がぬめぬめと蠢動《しゅんどう》を開始した。

「うおっ……。す、凄いよ、佳純さんのおま×こ、蠢《うごめ》いている！」

極上の締め付け具合と、まるで別の生き物のような独特の収縮に目を白黒させて舌を巻いた。

「あんっ、あんっ……」

喘《あえ》ぎ声に呼応するように、さらに蜜襞《みつひだ》がうぬうぬと蠕動《ぜんどう》を繰り返す。

若々しくもキレのいいシャープな締め付けを見せながら、幹にねっとりと深く隙間なくねばりつき、艶めかしい蠢動で逸物《いちもつ》をどん欲に呑み込もうとしてくる。

「あううんっ……」

最初のストロークが一番奥まで到達した瞬間、ソプラノの喘ぎが室内に響く。

「ぐおおっ！　佳純さんのおま×こ、具合がいいにもほどがある‼」

奥からは、しとどの蜜液が熱湯の如く滾々《こんこん》と湧き続け、肉棒を溶かそうとする。それは、食虫植物がじわじわと獲物を溶かしていくのに似ていた。

「ねえ……突いてっ！　私のおま×こ、いっぱい擦ってぇっ！」

応えるように颯太がゆっくりとスライドをはじめると、それだけで佳純は美尻を突き出し、逸物のすべてを呑み込もうとしてくる。

複雑に蠢く粘膜、亀頭の裏側にさえ粘着し、細胞の隅々《すみずみ》まで喜悦《きえつ》を貪ろうとするそこは、それ自身が意思をもつ生き物のようだ。

「はんっ……私、後ろからされると……興奮しちゃうの！」

悦《よろこ》びの声を上げるおんなの乳房を前屈みになって掬い取る。

なおも抽送《ちゅうそう》をくれながら乳房を揉みくちゃにしてやる。

「ああ、逞しいおち×ちんも、悦んでくれているのね……うれしい！」

極太に穿《うが》たれながらも、おんなは媚肉を悩ましく搾ってくる。それに応えるように颯太は若茎を跳ねさせ、最奥にまで擦りつける。

亀頭で子宮口を叩く気持ちよさに、止められなくなった。

「佳純さん気持ちいいよ。こんなに気持ちいいセックス、はじめてかも……！」

グッと屹立を膣道に嵌《は》め、カリ首の凹凸を使ってヒダを擦る。乳房を執拗《しつよう》に揉みしだきながら、女泣かせな腰遣いを繰り出してやる。

「あぁ、んっ！　上手ぅ！　な、何も考えられなくなるくらい素敵よ！　だから、もっと……」

と、喉元《のどもと》まで出かかったさらなる乞いを、さすがにはしたないと思ったのか、すんでのところで呑み込んでいる。

「だからもっと激しくしてほしいのですね？」

豊かな双乳を舌と指で嬲《なぶ》られるうち、佳純の肢体が熱く蕩けだしている。

その切ない女体を野太い剛直で打たれるのだから、理性が飛びかけているのも当然のことなのかもしれない。

「そうよ。もっと、してほしいの……。私のおま×こ、気持ちよすぎて壊れてしまうまで、激しくしてぇ！」

余裕を失いつつあるのだろう。佳純の声が甘く掠《かす》れる。それと悟った颯太は、嬉々として双乳を揉み潰した。

「ああ、佳純さんの奥、熱くて大好きです。お望み通りもっと強く突いちゃいますね！」

ツンとしこり切った乳首を掌に擦り潰しながら颯太は腰を大きく振った。

頭が芯からクラクラしている。ぐにゅりと視界が歪《ゆが》み、どんどん何も考えられなくなっていく。その癖、腰だけはグイグイと力強く前後させている。

「あううぅっ。ち、乳首切ない……。あっ、あぁっ、激しく出し入れされるのも……ほうううぅ！」

しこりを増し感度を研ぎ澄ませた乳首を嬲るたび、女体をぶるぶると震わせて快美を迸らせている。

「あ、んっ！　あぁんッ！　イ、ぁ、ぁあッ……ンはぁあぁあっ！」

淫靡な牝啼きに興奮のボルテージをさらに上げた颯太は、牝孔をさらに穿った。加速させた引き抜きは、左右に張り出した肉えらで膣肉を裏返さんばかりの勢い。

均整の取れた裸体は、颯太の責めに戦慄《わなな》いた。

朱唇も膣口も、はしたない雫《しずく》を滴《したた》らせながら悦楽を訴えている。

ついにはおんなも腰つきを繰り出してきた。前後だけでなく左右にも揺れ、ついには円を描くように動いてくる。

止めどなく溢《あふ》れる愛液は、彼女の前後運動で細かく泡立ち白濁《はくだく》と化していた。粘着音がより猥褻《わいせつ》になり、結合部どころか白い太ももまでが淫液まみれになっている。むせ返るような淫臭が立ち込めて、頭の奥までクラクラした。

「ぐわあっ……もう射精《で》る。我慢できない……っ！」

皺袋が重く収縮して欲望の噴射に備える。肉棒が限界を訴え、暴れ狂うように激しい脈動を繰り返す。

「佳純さんっ、もう射精《で》ますっ。もうイク……っ！」

「射精《だ》してっ、射精《だ》してぇ！　欲しいのっ。熱い精液で膣中をいっぱいにしてぇ！」

蜜壺全体がわななくように収縮を強め、発射間際《まぎわ》の肉柱を貪ってくる。本能をむき出しにした腰の動きは暴力的なまでの激しさだった。

まるで噴精の衝撃を堪《こら》えるように颯太は蜜乳を乳首ごと揉み潰し、ググッと菊座を閉める。

「あうううっ！　おっぱい切ないぃぃっ……あ、ああっ、早くきてぇ……はぁ、うっ、佳純、イッちゃうううううううぅっ！」

全身全霊でイキ極めながら熱烈に懇願されては、颯太も応えぬわけにはいかない。

渾身《こんしん》の力を込めて腰を突き出し、ゴリッと膣の最深部に亀頭をめり込ませると、それがトリガーとなった。

「ああっ、射精《で》るぅ……う、ううぅ！」

肉棒が弾けるように戦慄いた。灼熱の欲望液がイキまくる膣奥を染め上げる。

「あ、ああっ、熱いのっ。熱いのいっぱいきてる……！　いいっ、熱いのが……いいのぉ！」

白い女体にブワッと鳥肌が広がった。四肢の筋肉が浮き上がり、ピクピクと小刻みに痙攣する。ギュッと膣壁が締め付けて、肉棒との隙間を埋め尽くす。

四つん這いになって喉を天に晒《さら》しながら、息を詰まらせ硬直している。妖しいまでの痴態に、颯太は陰嚢《いんのう》に残された最後の一滴《いってき》まで出し尽くした。

冷めた意識の欠片《かけら》が、夢精したのだと認識させるが、言い知れぬ満足の底に落ちていくように、颯太は眠りに落ちていった。

第一章　美貌の空手家をお持ち帰り

1

トントントントンとリズミカルな音が心地よく鳴り響いている。

その音に誘われるように、まどろみからゆっくりと穂積《ほずみ》颯太の意識が覚醒していく。

途端に、鼻腔をくすぐる甘く香ばしい香り。

（ううぅん……。この匂いは、卵焼きかな……？）

とうに秋も深まっているというのに、しつこく晩夏だと言い張るような蒸し暑さが部屋中に籠《こも》っている。

そんな気だるい空気に、仄《ほの》かにみそ汁の匂いまでが入り混じっていた。

（えっ。あれっ？　卵焼きってなんで……？）

元来目覚めのよろしくない颯太は、起き抜けはいつも半《なか》ばボーッとしている。そんなだから何かの匂いを勘違いでもしているのかと思いつつ、頭を振ってその匂いの元に視線を向けた。

学生の身分には少し贅沢《ぜいたく》な１ＬＤＫの部屋は、ベッドの位置からキッチンスペースが見渡せる。

元は父親が単身赴任で入居していた部屋であったが、颯太が転がり込むと同時に父は入れ替わるように故郷へと戻っている。

（えーと。うわっ、やっぱ！　キッチンにいるあれって誰だ……？）

それほど視力の悪くない颯太だが、起き抜けの裸眼は、全世界に紗《しゃ》が掛かったように焦点を合わせない。

それでも、キッチンスペースに誰かが立っていることくらいは確認できる。しかもそれが女性であることも、すぐにフォルムで判った。

後頭部でリズミカルに踊るポニーテールが、いいおんなであることを物語っている。

しかし、いくら目を凝《こ》らしても、その女性が誰であるのかまでは判らない。

慌てて目を擦ろうとした途端、ズキンとこめかみのあたりが痛んだ。

「うっ、つー……」

颯太が短い呻《うめ》きを上げたのを聞きつけたのだろう。その人影が、キッチンから仰《の》け反《ぞ》るようにしてこちらを窺《うかが》うと、やわらかい声がかけられた。

「ようやく起きた？　おはよう！　もうすぐ朝ごはん、できるからね」

まるで新妻が夫に声をかけるような初々《ういうい》しい照れくささの中に、微《かす》かな媚《こび》を含《ふく》んだ甘いニュアンスの笑顔。

「えっ？　ああ、えーと。おはようございます……」

痛む頭をさらに振り、颯太は何食わぬ顔で返事をした。

内心では、「またやってしまったか？」と、冷や汗をかいている。

深酒をするといつもこうだ。

だが深酒といっても、他人からするとほとんど舐める程度だ。コップ一杯ほどの、それもアルコール度数の低いビールで前後不覚になってしまうのだから、我ながら酒の弱さに呆《あき》れてしまう。

いずれにしても、颯太は酒に酔うと必ずやらかすしくじりがあった。

それが〝お持ち帰り〟なのだ。

その持ち帰るものも様々で、傘や鉢植え、工事現場のスコップや三角コーンあたりまではまだ笑える部類。どこかの店先のタヌキの置物や某有名フライドチキン店の看板おじさんが、玄関の三和土《たたき》に鎮座ましましていたのには、腰が抜けるほど驚いたものだ。

シャレにならないのは、人の携帯やカバン。もっと焦《あせ》ったのは見知らぬ財布がテーブルの上にちょこんと置かれていた時だ。

いずれも持ち主を探し当て、平謝りで返却したものの、一歩間違えれば、スリや泥棒として警察のご厄介《やっかい》になっても仕方のない悪癖であることは自覚している。

ただでさえ飲めない酒なのだから極力、口にしないと決めているものの、付き合いというものもあり、飲み会に出席しないという選択肢はあり得ない。

自然、一口ぐらいはとなり、勧められて二口、酌《しゃく》をされるまま三口と、気がつくと量を過ごし、またも〝お持ち帰り〟を働いてしまうのだ。

中でも厄介なのが、今回のようなケース。つまりは、おんなの子をお持ち帰りしてしまうしくじりだ。

厳密に言えば両者合意の上なのだから〝しくじり〟とは言えないのかもしれないが、何せ酒が入ると颯太の記憶は八割方失われているだけに始末に悪い。

対処に困ると言うか、言葉を選ぶのにさえ四苦八苦してしまうのだ。

はじめておんなの子をお持ち帰りした時は、「あの〜、どちら様でしょうか？」と尋ねて地雷を踏んだ。二度目の時には、どうしても気になり、「昨晩、何かありましたか?」と聞いて、やはり自爆した。

だから、「どちら様でしょうか?」と「昨晩何かありましたか?」が、口が裂けても聞いてはいけないことであることは学んでいる。

にしても、どうやって彼女の情報を集めるべきかが問題だ。

そもそも昨夜は、大学の友人に誘われ合コンに出かけたのだった。

(ああ、そうか。緊張もあって、酒を飲むピッチが速すぎたんだな……)

乾杯直後から、やたらと喉が渇き、ビールをグイッと一杯いってからの記憶がほぼほぼない。

しかも、どうも彼女は、その合コンに参加していた女性ではないように思われるのだ。ポニーテールにも、同じ背格好にも、まるで心当たりがない。

「お待たせ……。お腹空いたでしょう?」

出来上がった料理を載せた皿らしきものを片手に、彼女がこちらに近づいてくる。

ボーッとした頭で、しきりに考え事をしていた颯太は、慌てて部屋の片隅から折り畳みテーブルを引っ張り出した。

さりげなく視線を持ち上げ、間近に来た彼女の美貌を目にして驚いた。

「あっ！」

思わず零した声に、「んっ？」と小首をかしげる彼女。慌てて颯太は、何でもないよと頷《うなず》いて見せる。

「いや、そのほら裾から覗かせている佳純さんの太もも、眩《まぶ》しいなって……」

超がつくほどのミニ丈《たけ》と思っていた裾は、実は裸身にセーターを羽織っているだけであるらしく、スカートはおろかストッキングも穿《は》いていないため、危うく下着さえ覗けてしまいそうだ。

「いやだ。エッチぃ……」

顔を顰《しか》めながらも頬《ほお》を赤く染める佳純。慌てたように彼女は、野菜炒めを盛りつけたお皿をテーブルの上に置いた。

なおも颯太は懸命に笑顔で繕《つくろ》いながらも、その実、早鐘のように心臓がバクバクいうのを止められない。

その理由は、彼女が〝佳純さん〟、すなわち木原《きはら》佳純であったからだ。

その整った顔立ちに、断片的ながら昨夜の記憶が蘇《よみがえ》りはじめた。

やはり佳純は、颯太たちの合コンに参加していたわけではなかった。たまたま隣の席に居合わせただけの他大学の女性なのだ。けれど、偶然ながらも、颯太は佳純のことを以前から知っていた。けれど、それは颯太からの一方通行であり、佳純が颯太のことなど知る由《よし》もない。

つまり彼女は、知る人ぞ知る競技空手のアスリートであり、日本代表候補になるほどの有力選手なのだ。

空手をやっている友人に付き合わされて大会を見に行った時、そこで颯太が目を奪われた相手が彼女だった。

ろくに空手のことなど知らない颯太であっても、彼女が披露《ひろう》した型の演武は、凛《りん》としている上にキレが鋭く、見事なまでに迫力たっぷりで、あっという間に引き込まれてしまったことを覚えている。

しかも、彼女の神々しいとさえ思えるほどの美しさは、ゲームのグラフィックなどで目にする闘姫《とうき》そのもので、颯太を魅了するに十分すぎるものだった。

一部では〝ドSチーター〟などと揶揄《やゆ》されて怖れられているそうなのだが、演武を終えた途端に彼女から放たれていたオーラのようなものは消え去り、ただ清楚《せいそ》に佇《たたず》む一輪の花のような可憐な女性へと戻っていくのを、うっとりと見つめたものだ。

そんな佳純が隣の席に居合わせたなど、これはもう運命だったと思わざるを得ない。

（にしてもだよ。俺、どうやって佳純さんをお持ち帰りしたんだ……？）

おおよそナンパに応じるとは思えない佳純をお持ち帰りした上に、この状況からして一線を超えたのは間違いない。美女アスリートが、こんなに色っぽい恰好をしたまま朝食の用意をしてくれているのがその証しだ。

「エッチも何も、佳純さんがそんな恰好をしているから……。目のやり場にも困りますよ」

内心のドキドキを悟られぬよう言葉を紡《つむ》ぐと、恥ずかしそうに佳純は身を翻《ひるがえ》しキッチンへと戻っていく。心なしかポニーテールが、ウキウキと愉《たの》しげに弾《はず》んでいるように見えた。

「うわぉっ！」

その後ろ姿に、またも颯太は声を漏らす。

「えっ？　あっ、あぁん！」

短い声に振り返った彼女は、颯太の視線が今度は自らの臀部《でんぶ》にあることを悟ったらしい。慌てたように短い裾を引っ張り、覗かせている純白のパンティを隠している。

むくみひとつない白い太もも裏も、艶めかしく色香を放っている。

「もう。本当にエッチぃ！」

そのカワイイ所作に颯太は、デレデレと見惚《みと》れるばかり。

「へへへ、佳純さんが色っぽいから、つい……」

だらしなく鼻の下を伸ばしてそう口にした。

(うおっ！　そうだ。昨日の淫夢……。あれって夢じゃなかったんだ……)

やけにリアルな淫夢だとばかり思っていたが、それはどうやら現実に佳純と行われたセックスの記憶の断片らしい。

昨夜、まさぐった乳房の感触が、突如として現実味を帯びて掌に蘇り、颯太は生唾《なまつば》をごくりと呑み込んだ。

2

「佳純さんの料理、超美味《うま》いです！　ほぼ空っぽの冷蔵庫だったはずなのに、こんなに美味いモノが作れるなんて、佳純さんは料理でも天才ですね」

野菜炒めを載せた白飯を大口にかきこみながら颯太は感想を口にした。

体育会系らしい朝飯は、食欲旺盛な颯太にはもってこいだ。

「ごめんね。勝手に冷蔵庫の中、覗いたりして……」

「いえ、いえ、仕送り前の金欠で、美味いモノにありつけるだけでも、ありがたいですから」

実際、〝ほぼ空の冷蔵庫〟は、決して大げさではない。親からの仕送りが届く前であり、バイトの給料日前でもあるから、買い物に行けるはずもなく、ろくな食材など入っていなかったはずなのだ。

くいっぱぐれのないように米と玉子だけは、買い置きしてあったが、もやしがあっただけでも奇跡としか言いようのない有様なのだ。

もやしと魚肉ソーセージの野菜炒めと玉子焼き。残りのもやしを利用した味噌汁に炊いたばかりのごはん。これだけのメニューだが、あの残りものがかくも上等な朝飯になるとは。天才の技と颯太が賞賛したくなるのも当然だった。

甘くフワフワの卵焼きを口に入れた途端、思わず涙ぐみそうになるほどの美味しさに、頬が落ちそうとはこのことと実感したほどだ。

「ふふふ。よかった。お口に合ったみたいで……」

隣で女の子座りして心持ち頬を赤く染めながら、嬉しそうに微笑む佳純に、颯太のハートが速攻でキュン死した。

スマホか何かで仕入れた情報では、確か彼女は颯太より一つ年上であったはず。しかも、ただでさえ落ち着いた雰囲気を纏《まと》っているため、姐《あね》さん女房のような雰囲気を醸《かも》し出している。その佳純が、時折可愛らしさを垣間見せるから、そのギャップにやられてしまうのだ。

「ところで、おでこの傷は大丈夫？　もう痛くないの？」

颯太の額のあたりをしげしげと見ながら心配そうに佳純が尋ねてくる。その時になり、ようやく颯太は、おでこの痛みが二日酔いによる頭痛ではないことに気がついた。

「えーと。ちょっと痛いのですけど……。俺、この傷をどこで？」

手をやると疼くような鈍痛があり、少し瘤《こぶ》になっている。

「えっ！　キミ、覚えていないの？」

凛とした美貌がキョトンとした表情でこちらを見つめてくる。

「いや、覚えているっちゃ、覚えているのですけど、ほら、咄嗟《とっさ》のことでいつこんなところに傷ができたのか、よく判らなくて……」

颯太の出まかせに納得したのか佳純が大きく頷いた。

「本当にごめんね。酔っ払いに絡《から》まれていた私を助けるために……。でも、颯太くん、とってもカッコよかったわよ。あんな風に男の人に助けられるの初めてだったから、私、ときめいてしまったの」

うっすら頬を染めながら、こちらを眩しそうに見つめてくる佳純。その瞳の中に、自分への恋心を見つけ、颯太は思わずドギマギした。

その言葉に、またしても朧《おぼ》ろげに昨夜の記憶が蘇る。

「得意の空手で、ビール瓶でも割ってみせろ！」

確かそんな風に、佳純は二人の酔っ払いの男に絡まれていたのだ。

むろん、佳純であれば、男たちを撃退するなど容易《たやす》いことであったはず。けれど、アスリートである以上、彼女が手出しをすると必ず問題になる。

そんな佳純が大人しくしているのをいいことに、男たちがしつこく絡むのを颯太は見かねたのだ。

酒の勢いもあって気が大きくなっていたのだろう。

「佳純さんに絡むのはやめろ！　嫌がっているのが判らないのか！」

そう啖呵《たんか》を切ったことまでは思い出したが、その後が思い出せない。

恐らく、ひと悶着あったのだろう。その代償が、このおでこの傷であるはずだ。

「覚えていないのは、あの男の拳の衝撃かしら。まともにおでこに当たったのだもの……。でも、キミはまるで動じずに仁王立ちで、あいつらを睨みつけたのよ」

勇者を讃《たた》えるまなざしを向けながら、頼もしげに佳純が戦況を伝えてくれた。

（なるほど、そういうことか。それで佳純さんは……！）

本来は平和主義の颯太だから、シラフであったらどうしていたかは判らない。それもこれも酒というドーピングがあってのこと。

唯一、颯太が相手に殴られても仁王立ちでいられたのは、酒のせいではない。ひとえに頑強なカラダがあってのことだ。

体格こそそれほど大きくはないが、颯太には軽自動車くらいならぶつかっても当り負けしない自信がある。それもこれも中学・高校・大学とラグビー部に所属していたお陰だ。膝の故障さえなければ、今もラグビーを続けていたに違いない。

そんな颯太だからこそ、アスリートの気持ちはよく判り、佳純が絡まれているのを見過ごせなかったのだろう。

「にしても、コブになっているのね。可哀そう……」

言いながら佳純が膝立ちして、颯太のおでこの様子を見てくれる。

驚いたことに彼女は、そのコブにやさしくチュッと口づけをしてくれるのだ。

「ふふふ。これで少しは痛くなくなったかしら……」

照れくさそうに笑いながら、颯太にそっと寄り添う佳純は、最高にカワイイ。ほわんと心の中が暖かくなったような気がすると共に、ムズムズと下腹部が疼いた。

3

「ああ、なんかいいなあ。佳純さんみたいな新妻、欲しいなあ!!」

思わず口にした言葉は、本音であるだけにまともに佳純の心に届いたらしい。ただでさえ染めていた頬が、純情にも真っ赤に染まり、耳までが赤くなっている。

切れ長の瞳。通った鼻筋。薄い唇。ややもすると佳純の整った顔立ちは、冷たく映る。姿勢のよい凛とした佇まいも、他人に隙を感じさせず冷たい印象を与える。

まして競技の時には、当たり前のことながら近づきがたいオーラを纏う。

けれど、いざこうして接してみると、それは単なるイメージであり、実際の彼女は、やわらかな物腰に可愛らしささえ感じさせてくれる。およそ近づき難さなど微塵《みじん》もない女性らしい人なのだ。

「もう!　キミは、昨日の夜から甘い言葉ばかり……。そうやっていっぱいおんなの子をメロメロにしてきたのね」

颯太としては、甘い言葉を吐いている自覚などまるでない。まして昨夜の記憶などないから謂《いわ》れのないことのように感じられる。

「いや、いや、いや。素直な感想です。確かにちょっと照れくさいけど、本気で佳純さんが俺の妻だったらいいなあって思っているから」

いつもの颯太であれば、おおよそそんな台詞《せりふ》、気恥ずかしくて口にできなかったはず。けれど佳純とは、記憶がなくとも、すでに男女の関係が結ばれているとの思いがあるからか、そんな台詞もすんなりと口から出てくる。

「だって私、キミより年上だよ？」

佳純のセリフにも関係を持った男女らしい慣れと媚《こび》が含まれているように感じられる。

「年上と言っても一つだけでしょう？　一つ年上の女房は金のワラジを履《は》いてでも探せって言うじゃないですか」

年下の男が年上のおんなに使い古した口説き文句。それでも佳純は嬉しそうな表情を浮かべている。

「ふふふ。ほんとキミは、調子がいい……。それで？　もし私がキミの新妻だったら、何をして欲しいの？」

こちらの表情を窺うように、チラチラとまなざしをくれる佳純。その色っぽい愁眉《しゅうび》に颯太のイチモツが疼いた。

ドクンと先走り汁に切っ先を潤ませながら、さらにその威容を大きくさせていく。

「な、何をって……。き、昨日の夜みたいなことを佳純さんと……」

昨夜の記憶などないことなどおくびにも出さず、しれっと颯太は口にした。

（も、もしかして、佳純さん、昨日の夢みたいなことをさせてくれるかも……）

あくまでも颯太にとって昨夜の出来事は、淫夢の断片でしかない。それが今度は、明瞭な意識の元で、現実となりそうなのだ。しかも相手は、その美しさに魅了された凛々《りり》しい闘姫なのだ。期待に心臓がバクバクと高鳴るのもやむを得ない。

「昨夜みたいなことをって、こんな朝から……？　まあ。キミのおち×ちん、もうこんなに大きい……。そんなにまた私としたいの？」

隣に座る女体が、やわらかく颯太の方に傾いてくる。切れ長の目が、なおもこちらの貌を窺っている。

「したいです！　俺、佳純さんとエッチなことといっぱいしたい!!　俺が佳純さんのことを知ったのは、この夏の空手の大会の時です。たまたま友達に誘われて……。で、なんて美しい人だろうって。凛々しくて、颯爽《さっそう》としていて、力強くて、カッコよくて。でも実際の佳純さんは、物凄く女性らしくて、俺、マジで惚れちゃいました！」

既にお持ち帰りしているのだから、ここまで勢い込んで口説くことはないのかもしれない。けれど、込み上げる情熱に衝《つ》き動かされ、颯太は一気に彼女への想いを吐き出した。

つい先日まで佳純は、颯太にとってアイドル的な存在であり、文字通り偶像に近いモノだった。それ故に、現実的に颯太には他に片思いしている女性がいた。その彼女の横顔が一瞬脳裏をよぎったが、目の前で高嶺《たかね》の花が摘み取ってくれとばかりに佇んでいるのだから、最早、理性など働くわけがない。

「ありがとう。私もキミが好き。男の子に守ってもらったのはじめてだから……。それに、こんなに情熱的に求められるのもはじめてで素直にうれしい……。ッんん！　そんなにがっつかないの。大丈夫。もうキミとは結ばれたのだから、いまさら勿体《もったい》つけたりしないわ……」

美女アスリートの嬉しい返事に、ついフライング気味にその女体を抱きしめようとする颯太を、彼女がやさしく押しとどめる。

「今度は私にさせて？　キミにしてあげたい……。お転婆《てんば》な凛々しいところばかりでなく、淫らな私も見て欲しいの……」

軽い体重が一層、颯太の側面にしなだれかかってくる。

ゆったりとした所作で、すらりとした手が颯太の下腹部に伸びてきたかと思うと、白魚のような指が強張《こわば》る逸物に被《かぶ》された。

「うおっ！　か、佳純さん？」

寝巻代わりのスエットの上から亀頭部が撫でられる。もう一方の掌にも、やわらかく肉幹を捉えられた。

「ぐぅっ……っくふぅっ」

しなやかな動きで切っ先を揉み込む佳純。肉幹に回された指が、締め付けたり緩《ゆる》めたりを繰り返す。空手で鍛《きた》えられているためか、スエットの上からでも十分な握力が感じられた。

けれど、決して痛いほどの締め付けではない。むしろ、もどかしいと感じる力加減。颯太の官能を文字通り手探りしているから、どうしても恐る恐るの手つきになるのだろう。

「どうかしら。私、上手にできている？」

上目遣いで尋ねてくる美貌は、いつになく自信なさげだ。

「き、気持ちいいですよ……。ああ、でも、ちょっともどかしいかも……。せっかくだから、もっと直接して欲しいです！」

「うん判った。直接ね……。じゃあ、ほらこれ、脱がせちゃうね」

颯太の求めに、佳純が素直に応じてくれる。しなやかな指先が颯太の腰部に伸びてくると、スエットのゴム部とパンツを握りしめ、力強くずり下げていく。

慌てて颯太も床から腰を持ち上げ、佳純が剝き取りやすいように介助した。

途端に、飛び出した肉塊がブルンと空気を震わせた。

己の分身ながらグロテスクであり禍々《まがまが》しささえ感じさせるイチモツは、昨夜の名残《なごり》もあってか生臭くも独特の牡臭を漂わせている。

「うわっ！　ご、ごめん。少し匂いますね……」

「新陳代謝が激しいのだから多少の匂いは当然でしょう？　大丈夫よ。汗臭いのには慣れているから……。それに私、キミの匂い嫌いじゃないわ」

うっとりとした口調で言いながら、またも佳純の指が肉柱に舞い戻る。

付け根をやさしく握りしめると、亀頭エラを覆《おお》っていた肉皮が、即座にずるりと後退する。その心地よさに、思わず颯太は「おうぅっ」と情けない喘ぎを上げてしまった。

途端に、カウパー液がどろりと先走る。

「これが……昨日の夜、私のあそこやお尻を散々に嬲り抜いたのね」

そうつぶやくと佳純は、女体を深く折り曲げて肉柱の先端部分に口づけしてきた。

チュッ。躊躇《ためら》いがちに朱唇が穂先に触れた。

それも切っ先にわずかにキスされた程度。それなのに射精にも似た震えが、背筋に走った。颯太は焦って自らの股間を見つめる。

（ち、ちょっと。これ、出ちゃってないよな……？）

それほどまでに妖しい感触だった。

美女アスリートの伏し目が、チラリとこちらを捉えた。

「とっても野性味のある臭いね……」

肉棹に生舌が伸びてきた。いよいよ本格的に咥え込むつもりなのだろう。手はじめに亀頭表面をこそげ取るような動きで女舌が這った。

一瞬にして、鋭くも甘い愉悦に包まれる。

（うほっ！　た、たまらない。フェラチオって、こんなに気持ちよかったか……？）

決して佳純のテクニックが優れている訳ではない。奥ゆかしくはあるものの、むしろ、ぎこちないとさえ感じる口淫だ。

にもかかわらず、もしかするとこれまでに経験したどのセックスより、気持ちいいかも知れないと思うほどなのだ。

脳内で性の定義が淫らに書き換えられていく。

「チュルル。んふぅ……もっと激しく、おしゃぶりするわね」

「激しくって、これ以上何を……っあ、あああ」

予告なく亀頭冠が、唾液《だえき》まみれの唇に呑みこまれた。人並み以上に大きいと自覚する分身が、ゆっくりと佳純の口腔内に沈んでいく。

途端に平衡《へいこう》感覚を失い、颯太は頭を激しく反《そ》らせる。

「おほぉっ……！　ズッポリ咥えたまま佳純さんの濡舌が俺のち×ぽにまとわりつきます！」

舌使いというより、あるいは牝舌が巨根の方に蹂躙《じゅうりん》されているだけなのかもしれない。けれど、そのふっくらとした濡れ粘膜を味わうだけで、颯太はすぐにでも達してしまいそうなのだ。

「ふあぁ……はあ。こんなに肉傘を開いてしまって……ぢゅるるるっ」

股間に傅《かしず》く美女アスリートは、ポニーテールの黒髪を上下させ、肉棒にストロークを与えはじめた。

抽送に伴《ともな》い白いセーターの裾からはみ出した張りのある腰も大きく浮き沈みする。

四つん這いの佳純の襟《えり》ぐりからは、白い胸元が際《きわ》どく覗いているのが、いっそう牡獣の興奮を煽《あお》った。

「ああ、いいです。　すごく、いい……おおうっ、こ、この吸いつき、たまりません！」

颯太は眉をヒクつかせる。佳純は頬を窄《すぼ》めるようにして吸引を強め、鈴口から吹きあがる先走り汁を吸ってくれる。

「んふぅ……んぢゅぷッ……気持ちよくなって……射精《だ》してもいいから……んぢゅっ……ぢゅるるッ……私の、お口にぃっ……らひてかまわないッ」

くぐもった声で、口腔への射精を許してくれる佳純。思いがけない彼女のご奉仕とやさしさに満ちた言葉に、股間で上下する頭をおそるおそる両手に挟み込んだ。

官能に任せ、ぐいっと頭を押して肉柱を付け根まで呑み込ませる。

「んっ……んんーっ、んうぅぅぅぅっ！」

喉奥を塞《ふさ》がれ息ができないのだろう。叫びにも似た声をあげ、喉がきゅっと締まる。

ディープスロート。こうしたハードなフェラチオは強い快楽を得られる一方、おんなには苦痛を強《し》いる。

事実、苦悶から漏れでた鼻息が、恥毛へ吹きかかった。

(佳純さん、眉根を寄せて辛そうな顔。でも、それなのに俺は……うはっ)

罪悪感にも似た想いを抱く一方で、ドSチーターとあだ名される彼女を、反対に被《ひ》虐的《ぎゃくてき》に貶《おとし》める悦びを感じている。

平和主義の己の中に、こんな牡獣の加虐心が眠っていたことに戸惑いながらも、背筋がゾクゾクするのを抑えられない。

しかも、気のせいか佳純が微笑を浮かべたのを垣間見た気がした。

(うそっ……？　佳純さんってドSってよりも、むしろドM……？)

両手で半ば強引に頭を上下させ、強制的に口腔に肉柱を抜き挿しさせている。美貌は酸欠のために紅潮し、目からは大粒の涙を零している。にもかかわらず、佳純は薄《う》っすら笑みを浮かべているのだ。

「んぐぅぅっ、んぶっ、んぅぅっ、んっ、んんんんん〜〜っ！」

佳純の本性を目の当《ま》《あ》たりにし、さらに可虐的な悦びが刺激され、颯太は腰を突き上げていく。

「あぁ。キミの本当に大きいわ、とっても逞しくて、愛おしい……」

もがくようにして咥えていたペニスを口から出すと、佳純はこれまで以上の熱心さで、表皮に舌を這わせてくる。両手でしっかり根本を支え、黒髪の頭を埋めてくるのだ。

「うぅっ！　そんなに丁寧にしてくれるのですね……佳純さん。おほっ、た、玉まで舐めて……うおぉっ！」

颯太は胸を反らして呻く。

まるでキャンディでも舐めるように、踊る舌先で唾液を撫でつけ、切っ先の割れ目から皺袋にまで巡っていく。

柔軟な女体をほぼ二つ折りにして、重々しく揺れる玉袋を咥え込むのだ。

（うくっ。清楚な顔をしてこんなにいやらしいことを……。こんなエロいことをどこで覚えるのだろう。いや、どこの誰に教えこまれたんだ？）

佳純は、インターカレッジの大会で優勝するほどの女子アスリートなのだから、さぞや毎日練習に明け暮れているはず。恋愛する暇もほとんどないのではないだろうか。

にもかかわらず佳純は、意外にもおんなの嗜《たしな》みを心得ているばかりでなく、男の生理さえ承知しているようだ。お陰で、彼女の秘められた過去が、気になりはじめた。

ところが、そんな雑念も急な射精欲に押し流されていく。

「か、佳純さん。お、俺、もう……！」

このままでは口内に発射してしまう。颯太は彼女を引き離そうと肩を押した。だが美女アスリートは口淫をやめようとしない。

「はあ、はあ……。だめよ。私、呑んであげたいの。いいえ。呑みたいの。キミの精子を……。だから、お願い。このまま……」

ほつれた髪を額に張りつかせ、真剣な表情で訴えてくる。おもねるような上目遣いにも、心を攫《さら》われた。

「くあ、もうダメです。佳純さんの口に……ぐわぁぁあっ！」

「ジュル、ジュボ……はあん、いつでもいいのよ。いっぱい射精《だ》してぇ」

またしても肉茎が口腔内に導かれる。颯太の切迫の呻きに合わせ、ずぶずぶと肉茎が扱《しご》かれた。

たまらず颯太も、腰を上下させグサグサと肉槍で喉奥を犯し、射精衝動に下半身をいきませる。

加熱したカリ首が佳純の口内で、巨大な傘を開く。

「おお、出る出る……射精《だ》しますぅぅ〜〜っ。ぐおおおおぉおっ！」

頭の中が真っ白になると同時に、猛烈な勢いで牡汁《おすじる》が尿道を遡《さかのぼ》る多幸感。

「う、あああああぁッ……！」

無意識のうちに雄叫《おたけ》びを上げ、夥《おびただ》しい量の白濁液を鈴口から放出させた。

ドピュッ、ドドドビューーゥッと、常軌を逸《いっ》した快電流が先端で爆《は》ぜた。

すかさず佳純は牡獣の腰に手を回し、朱唇を窄める。

「んぅっ……んんんんぅーッッ！」

喉の奥まで挿し込まれたままビクンビクンと荒馬のように跳ねる巨大な肉棒に、激しく身悶えする佳純。その口元からは、切なげな呻きが漏れている。思わず我に返った颯太は、押さえつけていた頭を慌てて解放した。

その間もドプンッ、ドプンッと重々しい音が頭蓋骨にまで響くほどの勢いで、夥しい量の吐精が続く。

放出したゼラチン状の濃厚白濁液が、佳純の喉壁を徹底的に穢《けが》し抜く。

そのしなやかな女体も喉性感をしこたまに刺激されたらしく、淫らなまでに喜悦に身を震わせている。

「んんッ……ごくん……んぐッ……んふぅッ……ごく、ごくんっ……んふぅ……」

白い喉が何度も上下に動いた。美女アスリートは蒸篭《せいろ》で蒸されたかのような上気した顔で肉柱を深く咥え込んだまま、なおも離そうとしない。

耳まで真っ赤に染め、必死に精液を啜《すす》る佳純。その顔を見るだけで、牡獣の心は甘く満たされていった。

「ああ、飲んでくれてるのですね……。あの佳純さんが、俺の精液を全部、一滴も残さずにっ！」

颯太は、そのふしだら極まりない媚女の様子をうっとりと視姦してつぶやいた。

4

「ああ、すごいっ。キミの精子、あまりに濃過ぎて、私の喉にまだねっとりとへばりついてる。あああん！　凄く熱いせいでお腹の中から火照ってきちゃう……」

言いながら佳純は、吐精したばかりの鈴口をまたしても舌先で舐めてくれる。

飛沫《ひまつ》の全てを口に含み、竿先を綺麗《きれい》にしてくれるのだ。

その様子は、あまりにも噂のドSチーターから程遠く、さしずめドM雌豹《めひょう》が似合いの名前だろう。

（いずれにしても、その本性はしなやかな牝獣であることに変わりないか……）

体格差はあるもののいざとなれば颯太如き、一撃のもとに伸ばしてしまうだけの実力を彼女は秘めているのだ。けれど、だからこそそんな佳純に、自らの分身を舐めてもらう悦びが倍加するのかもしれない。

「ぐふううぅっ。佳純さんっ！」

「ああ、キミのおち×ぽは本当に凄いね。私いっぱい呑んだはずなのに、まだ大きなまま……」

いかにも愛情たっぷりに、切っ先ばかりではなく肉幹の至る所、さらには全てを出し尽くしたはずの陰嚢まで綺麗にしてくれる。

「ううっ……そんなことまで……あ、ぁ……」

信じられない思いで、颯太は媚貌を股間に埋める美女アスリートを見下ろした。

「こんなに元気なら、このままおち×ぽ、ここに挿入できそう……」

つぶやくように言いながら佳純は、女体を一八〇度回転させたかと思うとそのまま雌豹のポーズを取った。

淫らな振る舞いをしていても、佳純からはどこか初々しさが感じられる。奔放に挿入を促《うなが》す雌豹のポーズも、恥じらいを残すように純白のパンティを穿いたままでいるから、余計にそう感じるのかもしれない。

「ええ。すぐにでも挿入したいところです。けれど、俺ばかりが気持ちよくなるのでは不公平でしょう？　佳純さんも気持ちよくならなくちゃ……」

やさしく囁きながら颯太は、括れた腰部にその顔を運んだ。

「わ、私は、いいから……。き、キミが気持ちよくなって……ひやん！　……ああ、そんなことダメぇ！」

抗う素振りの佳純にはお構いなしで、右手を持ち上げパンティの上から女性器に触れた。指を少し動かすだけで、くちゅくちゅと淫らな水音が耳に届く。

「ああ、そんないきなりなんて……。ひう……っ！」

パンティが縦渠《たてみぞ》に窪むあたりを念入りに擦ったあと、するりと横から指を侵入させて、愛液がこぼれる秘裂を直接撫でる。

「ふあっ、はあっん！　あっ、ダメっ……ああっダメぇっ！」

ひときわ甘い声を佳純があげた。ぽってりとした大陰唇をなぞり、溢れてくる濃厚な蜜を掬うように膣口を刺激する。

指を動かすたび佳純はびくびくと女体を震わせ、小さく声を漏らす。触れあう肌がじんわりと熱くなっていき、興奮しているのが判った。

さらに大胆にパンティの股布をずらし、ついに秘所を露《あら》わにさせた。

見事な逆三角形の陰毛が姿を見せた。

（おおう。これが佳純さんのマン毛か……）

生白い肌と対照的な漆黒の秘毛を、髪を梳《す》くように、そっと撫でてみる。

佳純のサラリとした黒髪とは違い、すべての毛がゆるいカーブを描いている。

「あん、そんなの恥ずかしい」

さすがに秘毛をチェックされるのが耐えられないのだろう。佳純がイヤイヤをするように腰を揺すった。

「わ、判りました」

股布から覗くのがもどかしくなり颯太は、ゆっくりと薄布を擦り下げていく。ゆるやかな丘を縦に走る秘裂が表れた。

その可憐な合わせ目を目にした途端、耐えられなくなった。興奮に任せ、一気に薄布を剝き取る。

（こ、これが佳純さんのおま×こ……！）

パンティを投げ捨て、視線を下腹部へ集中させた。

漆黒の秘毛に連なる、悩ましいおんなのワレメが覗いている。

しとどに蜜を含んだ旬《しゅん》の淫花が、空気に触れた途端、恥じらうようにキュンと窄まる。お陰で、内側に溜められていた蜜液がどろりと滴《したた》った。

（す……すげえ……。佳純さんが濡らしてる……。こ、興奮する！）

ふっくらとした盛りあがりの中央に一本の亀裂が走り、下方へ行くたびに純ピンクの花びらが、キラキラと愛液で濡れて光っている。

颯太はごくりと生唾を呑み込んでから、情欲に駆られるままに美しい媚唇を指でくつろげた。

「はあん……やんっ……！」

艶めかしい声とともに、桜色の粘膜が露わになる。

「おお……っ！」

感嘆の声を上げた颯太だが、二の句が継げない。その女性器の清楚さや神々しさに、他愛もなく感動させられたのだ。

それほど多くの女性と経験があるわけではないが、女性の神秘を目にするのは、はじめてではない。けれど、比較するのは失礼ながら、女陰をこんなにきれいだと思うのは、これがはじめてだった。卑猥《ひわい》な印象をまるで受けないのだ。

ビラビラのはみ出しが、小さく楚々として左右対称に整っているからであろうか。

そのくせ、酷く性欲を煽られるから不思議だ。

「もう！　そんなに見ないで。いくらなんでも恥ずかしいわ……」

遠くから眺めるだけで、到底自分など相手にされないと思っていた美女アスリート。そんな高嶺の花の秘芯を目の当たりにしているのだから凝視せずにはいられない。

愛蜜で濡れて光るピンクの粘膜の周囲を短い陰毛が囲んでいるのが卑猥だ。

「恥ずかしがることなんてありません。佳純さんのおま×こ、綺麗です……！」

決しておだてる訳ではない。素直な感想だ。けれどその素直さが、かえって佳純の羞恥を煽るらしい。

「……」

無言で羞恥に耐える美女アスリートの女陰に、遠慮がちに颯太は手を伸ばし、宝物に触れるように、やさしく撫でてみた。

「あんッ！」

ビクッと驚くほど大きく裸体が震える。

「美しいだけじゃなく、とっても敏感だ……」

今度は、人差し指を縦溝にあてがう。ヌチャッと音がして、指先が熱い女肉に埋まった。

「はうっ！」

「ほら、こんなにすごい。これくらいで、もう感じてますよね？」

ぬるりと、指先を肉孔に滑りこませる。女孔がきゅっと収縮し、膣肉が指先に絡みついてくる。

(記憶がないとはいえ、昨日、俺、ここにち×ぽを埋め込んだんだな……)

思わず指先でまさぐる。ヒクヒクと反応がかえってくるのがたまらず、しかも指が蕩けてしまうかと思うほど熱い。

(佳純さん、な、なんて、おま×こしてるんだ……)

思わず颯太は唸った。この柔肉に自分の肉棒を嵌めた記憶がないなんて、つくづくもったいないと悔やんでも悔やみきれない。そのチャンスがまた訪れようとしているにもかかわらずだ。

佳純のフェラで吐精しているはずなのに、この女陰に肉棒を埋める瞬間を思うだけで、ビンビンに張った肉柱が今にも爆《は》ぜそうになる。

これほどの欲情は、経験したことがない。女性経験は少ないにしても、佳純が段違いに極上であることは、指先を挿入しただけでそうと知れるのだ。

「あん、あぁ、捏《こ》ねまわさないで……。おかしくなっちゃう」

颯太はゆるゆると彼女の媚肉をまさぐりながら、そっと尻肉や太ももに唇を近づけ、美女アスリートの滑らかな肌を堪能《たんのう》する。

「うううううっ!」

「すごい締め付け。佳純さん。自分でも判るでしょう? おま×こ全体が蠢いていますよ」

「ああ……いやぁ……そんなこと言わないで！」

「感じるって、正直に言ってください。俺、素直な佳純さんが好きです」

「だって私の浅ましさを明かされているようで……。なのに、こんなに肌が敏感になってしまって、まるで我慢できないの」

じわりと、佳純の声に官能が滲《にじ》む。心の中では悦楽を望んでいるのだろう。しかし、奥ゆかしくも恥じらい深い性格ゆえに、なかなか素直になれずにいるのだ。

思えば、雌豹のポーズを自らとったのも、あるいは官能に咽《むせ》ぶ牝貌を知られたくなかったからなのかも知れない。

颯太は人差し指を中指に替えて淫裂に押しつけ、ぐっと女孔に挿し入れた。

第二関節まで埋めると、佳純は首を仰け反らせて喜悦の声を上げる。

「あぁぁあっ！」

「こっちの方がいいですか？」

クチュクチュとわざと淫らな音をたて、女壺を掻《か》き回す。溢れだす体液が、掌にぽたぽたと垂《た》れてきた。

「あっ……だめっ！」

「どうしてですか？」

美女アスリートの反応に、颯太は内心ほくそ笑んだ。佳純が感じているのは明白なのだ。

「な、なんでも……ない」

「気持ちよくなってきたのでしょう？」

「ち……違うの……気持ちよくなんて！」

強情に言い張る佳純だが、向けられた慄《おのの》くようなまなざしは、図星であると告げている。颯太は背筋がざわめくような興奮を覚えた。

あんなに強く凛としていた佳純が、女壺に指を埋め込まれ、感じているのだ。

「まだ気持ちよくならないのですか？　だったら、もっと捏ねまわしてあげなくちゃ！」

佳純の嘘に気づいていながら素知らぬ顔で女肉を指で掻き回す。

牡指を蠢かせるたび、肉唇から小さく水音が響く。佳純が「ひうっ！」と漏れ出した喘ぎを必死に押し殺そうとしている。

意地悪く颯太は、指で陰唇をくぱぁと開帳した。肉孔を拡げられ膣襞が部屋の空気に晒される状況に、ぶるぶるぶるっと佳純の背筋が震えた。

「つく、あっ、あぁ……そ、そん、な……入り口、拡げられ、てっ……！」

官能の疼きがゾワァッと背筋を駆け抜けたのだろう。女体が芯から震えた。奥からとろりと花蜜が溢れ、銀の糸を引いて純白の太ももを濡らしていく。

「あぁダメぇ……これ以上続けられたら……あ、頭がおかしくなる」

再び膣中に挿し込んだ指をくねらせ、蠢く蜜壺をくちゅくちゅと刺激する。秘孔がキュキュッと締まり、膣肉が指先にまとわりついてくる。温めた葛湯のような粘性の蜜液だけが、辛うじて颯太の攪拌《かくはん》に抵抗する。

「すごく、いやらしい音がしますね。佳純さんのおま×こ、びしょびしょですよ」

「おと……さ……せるの……やめ……」

過呼吸で詰まった喉から声を絞《しぼ》り、ポニーテールを左右に揺らす佳純。だが加虐に目覚めた牝獣は、彼女の反応を観察しながら容赦なく太い中指で肉壁にくるくると円を描いていく。

「んあっ、あっ……はあ、ん、く……ふ、んっ……」

恥蜜がサラサラの本気汁に変わり、次々に溢れて颯太の痴漢じみた行為を滑らかにする。粘膜への鮮烈な刺激に佳純の腰はくねくねと悶える。扇情的に揺れ躍る媚尻は、意図《いと》せぬままに牡獣の劣情を煽っていた。

夢中で颯太は、探るように指先を肉壺の中で蠢かせる。ややもすると逸《はや》る自分を懸命に諫《いさ》めながら、急がず焦らず、緩急と強弱をつけ、媚肉を撫で解《ほぐ》していく。

「あっ……待っ、そこ、はっ……！　ん、ふ……ッ!!」

恥骨の裏側をコリッと掻いた瞬間、細い頤《おとがい》がクンと持ち上がった。目が眩《くら》むほどの鋭い肉悦が牝のうなじを刺したのだ。鼠蹊部《そけいぶ》が張り詰め、太ももが内向きに引《ひ》き攣《つ》っていく。

啼《な》きどころを見つけた颯太は、その一点に集中して刺激を送り込む。とんとんと軽く指の腹で叩き、あるいは短く切った爪でコリコリと擦る。鉤爪の形に曲げた指は新鮮な淫汁を掻きだす。繊細な愛撫に美女アスリートの太ももが小刻みに震えた。

「あうぅ……。あっ、ああッ……ダメよ。ダメなの。この、ままじゃ……！」

佳純の息を継ぐ速度が、いつの間にかあがっている。張り詰めた胸が苦しいのか、自らの右手で胸元を押さえている。

「凄く感じていますよね？　ここが……気持ちいいのですか？」

クネ踊る牝腰に、颯太は膣中の指を二本に増やした。この反応であれば、もう少し強くしても大丈夫であろう。そう判断した颯太は自らの興奮に任せ、指の出入りを強くさせた。

「はっ、あっ……はーっ、は、あ……！」

妖しく身悶える美女アスリートの姿に、凄まじい興奮と愉悦が次々と颯太の背筋を駆け、頭の芯がクラクラと燃えるよう。

「ああ、ダメぇ……。あん、あん、あぁ～っ！」

喉を引き絞って抑える喘ぎ声はぜぇぜぇと掠れ、佳純がいかに切羽詰まっているかを物語る。

「が、我慢でき、ないっ……もう、だ、めぇっ……！」

指の腹で、なおも佳純の弱点をぐっと圧迫する。美女アスリートはポニーテールの黒髪を躍らせて宙を仰《あお》いだ。トドメとばかりに指が勢いよく引き抜かれた瞬間、歓悦の嵐が佳純を呑んだ。

「ン、グッ……ンンッ、ンンンーッ……！」

四つん這いの佳純は、再び頤をクンと持ち上げると、ビクビクンと背筋を震わせた。

まるでイキ極めたかのような反応に、颯太は思わず動きを止めた。

「えっ？　ま、まさかイッてないですよね……？」

恥辱《ちじょく》を煽るための言葉ではない。いくら性感が高まったにしても、まさか佳純が手淫だけで達するなどと思いもしていない。だからこそ颯太は、その事実を純粋に確かめたかったのだ。

「ああ……知らないわ……。もう、颯太のバカぁっ！」

振り返る佳純の瞳には、今にも零れそうな涙が溢れている。どうやら本当にイキ極めたらしい。

5

「か、佳純さんって、感じやすいのですね。まさか手淫だけでイッちゃうなんて」

むろん美女アスリートの女体に起きた反応は、軽く達した程度で、いわゆる初期絶頂と呼ばれるものであったに違いない。

それでも、蜜孔を指で弄ばれたくらいでイキ極めたということは、相当に敏感なカラダであることは間違いないだろう。

「もう、恥ずかしいことばかり言わないで……。だから、キミだけが気持ちよくなってくれればいいって！」

競技に臨《のぞ》んではあれほど凛としていた佳純が、今はまるで生娘《きむすめ》のように恥じらっている。彼女の人一倍恥じらい深い性質には気づいていたが、これほどとは思わなかった。

空手家としての矜持《きょうじ》や年上らしい落ち着いた物腰もすっかり霧散させている。当たり前のこととはいえ、やはり佳純はひとりのおんななのだ。

むろん処女ではないものの、アスリートとしてある意味純粋培養されてきただけに、恋愛や睦《むつ》ごとに免疫《めんえき》が少なく、初々しさが表れるのかもしれない。

「あはは。佳純さんが、急に可愛らしくなっちゃった。でも、何がそんなに恥ずかしいのです？　敏感なのって体質でしょう……」

「でも、なんだか淫乱みたいではしたないわ。それに、いやらしい貌とかになっていそうで……」

佳純は雌豹のポーズのまま俯《うつむ》いているから、いまどんな貌をしているのかは判らない。けれど、いまにも消え入りそうな声から、その美貌を羞恥に染めているのだろうと想像はつく。

「そんなの気にすることないですよ。おんなのよがり崩れた貌って、俺は美しいと思いますよ。それにエロくて興奮します。第一、感じやすい彼女なんて男にとっては最高じゃないですか！　だから、ほらもっと素直に感じて……」

「で、でも……」

いまどきには珍しい古風な佳純の性質が、かえって颯太の加虐心を煽っている。

古武道に通ずる空手のアスリートだから、古風になるものなのだろうか。むろん、彼女自身は、そんなことに気づく由もなく、相変わらず奥ゆかしくただただ恥じらうばかり。それでいて颯太の指戯には、あられもなく過敏に反応してくれるのだ。

「にしても、佳純さん。そんなに恥ずかしがり屋なのに、どうして初対面の俺なんかに、お持ち帰りされたのですか？」

ふいに思った疑問をそのままぶつける。

「そ、それはだから……。私を守ってくれたキミにならその……。カラダを許してもいいかなって……。それに試合の後は、そういう気分になりがちっていうか……。あっ、でも、初対面の男の子とこうなったのは、キミがはじめてだからね」

なるほど、全てのピースがきっちりと嵌まった。

颯太にも覚えがある。ラグビーの試合の後も血潮が漲《みなぎ》り、無性におんなの肌が恋しくなったものだ。

どれほど古風な佳純であっても、試合の後の気持ちの昂《たか》ぶりが、肉食系女子に変身させてしまうのだろう。ドSチーターの異名も、そんな折についたものなのかもしれない。

「ってことは、本音は、気持ちよくなりたいってことじゃないです？」

言いながら颯太は、せっかくの初期絶頂から女体が醒《さ》めてはもったいないと、べとべとに濡れた指先を淫裂上部の小さな肉突起に重ねた。

瞬間、佳純の唇からさらに甲高い喜悦の声が漏れた。

「はぁうんっ！」

「どうしたの？」

「あぁ……そ、そこは……」

「どこのことです？」

しらばくれながらも颯太は、なおも指先でそこを掠めるように刺激する。

純ピンクの牝蕾は、ぱんぱんに膨れあがっていた。指の腹が触れるか触れないかという繊細なタッチでも、女体がビクンビクンと派手な痙攣を晒す。

「ク……クリ……」

「ちゃんと言わないと判りませんよ」

「クリトリスが……き、気持ち……いいの」

ようやく素直に言葉にした美女アスリートのお尻が、もどかしいとばかりに左右にクネクネと振られた。

「ようやく素直に言ってくれましたね。これからもその調子で、どこが気持ちいいのか俺に教えてくださいね。そうしたら、もっと気持ちよくなれますよ。カラダが全て蕩けてしまうほどの快感を与えてあげます……」

暗示を吹き込むように囁くと颯太は、そっと自らの貌を佳純のお尻に近づけていく。

「えっ！　きゃぁぁっ!!」

気配を感じた佳純が悲鳴を上げる。

委細《いさい》構わず颯太は、媚唇に優しくキスをする。そこは甘く、エッチな味がした。

途端に、颯太の脳みそが沸騰する。なにせ、あの佳純の女陰に口を着けているのだ。興奮しない方がおかしい。

あんぐりと口を開け、舌を大きく伸ばし、四つん這いの股座《またぐら》を下方向からぞろりと舐め上げた。

「うっ、あっ、あぁ、ダメぇ！」

平時では聞かれぬ美女アスリートの狼狽の声。聞き惚れながら分厚い舌腹で佳純の恥丘から女蕾を通過して、ゆっくりと女陰をこそぎつける。

花びらを舌でなぞりあげてから、頼りなげなビラビラを軽く吸う。

「ひいい……。あああ……あああん……。あっあっ……！」

佳純の声がどんどん甘く大きくなっていく。舌と唇で刺激されるたびに、白い腰を波打たせて感じている。

「もっと感じていいですからね……佳純さん……。じゅるじゅるっ……」

「はうぅっ！　うっ、うぅぅっ……。あはぁぁぁ〜〜っ！」

舌先を硬く尖らせ、軽く縦溝に喰い込ませては、首を上下させる。

トロリとした愛液が溢れ出て、颯太の舌に絡みつく。塩辛くはあるものの、どういう訳か甘みも感じられた。

(うおぉっ。佳純さんのお汁、甘い！　なるほど、だから淫蜜っていうのか……！)

妙なことに感心しながら颯太は、なおもレロレロと舌先で蜜液を採集する。それが憧れの美女アスリートの蜜だと思うだけで、颯太の血潮はますます滾《たぎ》る。

「佳純さんのおま×こ、次から次へとお汁が滴ってきます」

滾々と湧き上がるトロ蜜をズズーッと音を立て啜り取った。

「あぁっ、いやぁ……。そんなに音を立てて吸っちゃいやぁっ！」

いつしか佳純の鼻腔からは、隠しようもない甘い息が漏れだしている。

「おま×こ舐められるのが、そんなに恥ずかしいなら、もう少し移動しますね」

そういうと颯太は、舌先を蟻《あり》の門渡《とわた》りに進めた。

「えっ？　ああ、ダメよ、その先なんてもっとダメぇ！」

颯太の舌先が目指す先をすぐに佳純も察知した。むろん、蟻の門渡りでは、飽き足らない颯太が目指すのは薄紫の菊座だ。

「ダメよ。そこはダメぇ……。そんなところ舐めちゃいやぁ……！」

まるでレイプでも受けているかのように颯太の舌先から逃れようと、激しく美尻が振られる。

咄嗟《とっさ》に颯太は、左右の腕を佳純の太ももに回し、動けないように封じた。美女アスリートといえども、元ラガーマンの力には敵《かな》わない。

「イヤっ、そんなところ舐めたりしないで……。あっ、あぁ、イヤなのに、どうして？　お願い、そんなことしないでぇ！」

人が嫌がることをしてはいけない。それは颯太だって重々承知している。まして平和主義が信条だから普段であれば、とうに佳純を解放していたであろう。

けれど、美女アスリートの声は、明らかに颯太を拒絶していない。言葉では抗っているものの、その声に載せられたニュアンスというか響きには、甘えと期待が散りばめられているのだ。

いっそう興奮と加虐心を煽られて、颯太は、舌先をついに彼女の菊座に到達させた。

「ひぅぅっ！　あっ、ああん、いやぁ……。ダメよ。舐めちゃダメなの……。そんな汚ないところ舐めちゃダメぇ……っ！」

佳純が止めるのも聞かず、颯太は舌でレロレロと裏門を舐めくすぐる。

ビクンと女体が怖気《おじけ》たきり、蜂腰の蠢きがピタリと止んだ。

息をひそめて恥辱に耐えているかのような佳純。ここぞとばかりに颯太は、菊座を舐め啜ったり、舌先で突いたりした。

颯太は、決して美女アスリートを嬲っているつもりはない。れっきとした心を込めた愛撫なのだ。

颯太にとって佳純は、どこまでも愛すべきおんなであり、その女体に汚いところなどないと信じている。だからこそ、彼女の肛門でさえも躊躇《ちゅうちょ》なく口づけできるのだ。

その想いが佳純にも伝わったのか、硬くしていたカラダから少しずつ力が抜けていく。

「ああ、ウソ！　私、感じているわ。お尻の穴を舐められて感じちゃうの……。私、淫らね……」

佳純の声には、とても信じられないといった狼狽が載せられている。それでいて女体は、どこまでも素直で、おんなのしあわせを味わうように菊座をヒクヒクさせるのだ。

「ああ、キミは、私を隅々まで味わいたいのね。うぅっ……こ、心を込めて私を愛してくれる……。そんなキミに身を任せて、私は高みに向かうの……。あはあっ、そ、それって、こんなにしあわせなのね……」

佳純が多幸感を噛《か》みしめるうちに、颯太の舌は再びおんなの入口で蠢いていた。

「ひうッ、こ、こんどこそ舌が……ああっ、私のなかに挿入《はい》ってきちゃううっ！」

たっぷりの唾液で舐め愛撫した膣口はだらしなく緩んでいる。そこへ颯太は、尖らせた舌を潜り込ませたのだ。

「あぐっ。いいっ。すごくいいのぉーっ」

感極まったように、ついに佳純が喜悦を口にした。

ぬめる膣道を颯太の舌が縦横無尽に暴れている。揺れ動くヒップをガッチリと掴んでいるため逃れようもないはず。ただひたすら悦楽と向き合いながら、激しさを増す淫らな水音に、佳純は女体をどこまでも昂ぶらせるのだ。

グニュッ、ズチュッ、グチュチュと、クンニリングスを愉しむ颯太が、最後に狙ったのは、多くの女性にとって最も敏感な場所だった。

「あっ、そこは……ぁひぃーッ！」

包皮をめくり飛び出た突起を舌先でツンツンとあやす。そこから発生した鋭い快感に、佳純のカラダは大きく波打った。

颯太が両腕で太ももを抱《かか》え込んでいても、牝馬の如き荒腰を止められないほど。

構わずに颯太は続けざまに牝芯を口に含み、勢いよくぢゅるぢゅちゅっと吸った。

「あああんっ……あんっ……！　だめ……待って……。はあああ……！」

舌を尖らせて激しく上下左右に動か「し、陰核を愛撫する。

颯太より年上であっても、どこか性に対し初心《うぶ》な印象の佳純が、あられもなく感じまくっている。

美女アスリートの反応がどんどん切迫したものになっていく。舐められ吸われるたびに腰をガクガクと震わせ、背筋を激しく痙攣させている。

（佳純さん……もしかしてまたイクのか……？）

颯太は最早、自分では抑えが利かないほど興奮している。

高嶺の花も甚《はなは》だしい憧れの美女アスリートが、自分の舌と唇で本気のオルガスムスを迎えようとしているのだ。

「あん。だめっ。クンニだけで、大きいのが来ちゃう……。あはぁ、本気でイッちゃいそう。そ、そんなのイヤぁっ！」

もしかすると佳純自身、ここまで女体を昂ぶらせるのは、はじめての経験なのかもしれない。だからこそ同じ果てるなら舌以外で、と望んだのだろう。

「お願い！　キミの逞しいおち×ぽで、イカせて！　ねえ、お願いだから……」

正気の佳純ならば、恐らく口にしないはずの卑猥な単語まで吐き、情けを請うたのだった。

6

「はい、よ、よろこんで！」

クンニを中断して颯太が上体を起こす。このまま、バックから貫くか少し悩んだ。できるなら、その美貌を拝みながら繋《つな》がりたい。

けれど、恐らく恥ずかしがるであろう美女アスリートを説得するのも面倒と、このまま挿入することを選んだ。

薄《う》っすらとある昨夜の記憶の中でも、佳純は「バックから……」と望んでいた。それも羞恥の裏返しであったのだろう。

その代わりに颯太は、佳純の上半身を抱き起こすようにして、その身に着けているセーターをまくり上げた。

「あんっ！」

立ち膝になりニットを剝かれるのを、彼女は従順に任せてくれる。

キュッと締まったお腹には、うっすらと鍛錬の証しが浮かんでいる。両腕にも筋肉がついているものの、それでいて女性らしさはいささかも失われていない。

さらに、どこよりも颯太を魅了するのが、瑞々《みずみず》しいばかりの二つの肉房だった。

Dカップと思《おぼ》しきふくらみは、今時の娘たちの発育のよさもあり、巨乳とまでは呼べないかも知れない。けれど、佳純のそれは大きなウエストの括れも相まって、たわわに実った印象を与える。

しかも、美しいまでにまん丸のフォルムである上に、小さめの乳輪までもが、きれいな円を描いているのだ。その中心で淡くピンクに色づく乳首の可憐さたるや言葉も出ない。

「あん。やっぱり筋肉質なカラダって、女性らしくないでしょう？」

恥ずかしげに俯《うつむ》く佳純。アスリートとしてはなんら恥じることのない肉体美も、おんなとしてはコンプレックスに感じるらしい。そんな女心を慮《おもんぱか》り、颯太はことさら大きく首を左右に振った。

「そんなことは、ありません。むしろ、色っぽ過ぎてやばいです。佳純さんって、脱ぐとこんなにすごかったのですね」

細身《ほそみ》のモデル体型というよりは、やはり鍛えられたアスリート体型なのだろうが、腰部の大きな左右への張り出しといい、佳純の女体はどこまでも健康的でありながら官能美にも溢れている。

そこに色白美肌のきめ細かさも彩《いろど》りを添えている。たっぷりと汗をかき、新陳代謝を活発にさせているからこそ培《つちか》われた絹肌なのだろう。

抜けるような白さに加え、透けそうなほどの透明度と艶感が、いかにも滑らかそうな質感を窺わせる。

「色白美肌でスタイル抜群のスレンダーボディーって感じがヤバ過ぎです。めちゃくちゃ細いのに、何この美バストは？」

「ああ、やっぱりやめて。私が悪かったわ。キミに感想を求めたりするんじゃなかった。恥ずかし過ぎちゃう！」

ポッと色っぽく頬を赤くした美貌が、こちらを振り向いている。

「ホント佳純さんって、大人可愛い人ですね……」

「もう！　キミは私を恥ずかしがらせてばかり……。でも、今の言葉、ちょっと嬉しい。私だって好きな人の前では、可愛いおんなでいたいから……」

なるほど佳純は、格闘系のアスリートだけに気の強いおんなと見られがちだろう。けれど、本来の彼女は、普通のおんなの子と何ら変わらないどころか、奥ゆかしさ漂う手弱女《たおやめ》なのだ。

（やっぱ空手の礼儀正しさとかが、佳純さんみたいな今どき珍しい大和なでしこを純粋培養するのかなあ……）

我知らず力強い手で、おんなの括れを掴む。颯太の手は、いつの間にか汗でぐっしょり濡れていた。冷静を装《よそお》っているものの緊張と昂ぶりが半端ない。それも当然だろう。なにしろ、憧れの美女アスリートと繋がろうとしているのだから。

「佳純さん。挿《い》れる場所を指で開いてください」

それもやはり辱《はずかし》める目的ではない。自分の肉柱を佳純の性門に突き立てるなど、どこか畏《おそ》れ多く感じている。それほどまでに颯太は、女神でもあるかのように佳純を特別視していた。だからこそ、彼女自ら扉を開けて優しく招いて欲しいのだ。

「恥ずかしいことをさせるのね。本当にキミは意地悪っ、あぁぁ……」

声を羞恥に震えさせた佳純が、ヒップを掲げるようにさらに高く持ち上げながら、細指を蜜唇に添え当てた。そして秘裂を静かに割り広げ、子宮に続く襞肉の奥まで見せつけてくれる。

「あぁ、早く。いつまでもこんな格好耐えられない。早くこの孔《あな》に、キミのおち×ちんを挿《い》れてぇ」

月下美人を彷彿《ほうふつ》とさせる妖艶な匂いを撒《ま》き散らし、淫壺の粘膜が、ぬぽぉ……と口を開けている。

「キミのために、たっぷりと濡らして待っているのよ」と、牝壺がそう告げるようにヒクついている。

「それでは、挿《い》れます。よろしくお願いします……」

颯太は、まるで武道のはじめのように礼をしてから二十二歳の美女アスリートに膝立ちで迫る。

重力に反抗しキュッと持ち上がる双尻を抱え込んだ。

見事な肢体に奮《ふる》い勃《た》った剛茎を押し当てる。鋼鉄のような熱茎でゴリゴリと柔襞を割った。

肉路が抵抗し、左右に張り出した尻肉がプルンと揺れる。

「はぁぁぁっ！」

切迫した佳純の喘ぎ声。颯太もぐっと唇を引き締めて、なおも腰を押し出していく。

（佳純さんのナカって凄いぞ。やわらかいのに締めつけが凄い……！）

いわゆるキツマンと呼ばれる名器。肉路がキュウゥゥと強烈に絞りあげてくるのと共に、みっしりと肉壁の表面に敷き詰められた粒々が、まるでヤスリのように颯太の亀頭エラを擦るのだ。しかも、佳純は体温が高い方なのか、膣孔の熱さも相当なもの。

想像以上の具合のよさに颯太は、脂汗《あぶらあせ》を流しながらもグッと奥歯を噛みしめる。

（これじゃ、長くは持たないかも……。で、でも、せめて佳純さんを先にイカせなくては！）

舌を巻くほど上等な名器に、颯太はあっという間に溺れてしまいそうになりながらも、強くそう心に誓い自らを鼓舞した。

基本、颯太が好むＳＥＸは、できるだけ長く挿入を続けて、相手の官能を徹底的に蕩けさせようとするものだ。

実は、颯太は高校生の時分、三か月ほど近所に住む美しい人妻と男女の関係を結んでいた。むろん、それは颯太にとって初体験の相手であり、様々な手ほどきを受けた女性でもある。

その彼女の好んだＳＥＸが、繋がったままイチャイチャと愉しむような奔放な交わりなのだ。

彼女から教えられた性の深淵にすっかり魅入られた颯太は、いつしかおんなを悦ばせることを無上の悦びと感じるようになっていた。そのための情報収集や工夫と研鑽《けんさん》は欠かしたことがない。

他方で、テクニックにばかり走るのもいけないことも学んでいる。おんなのカラダは、愛がなくては蕩けないもの。下手くそでも愛を感じさせてくれるなら、どこまでだって燃え上がるものなのだ。

だからこそ颯太は、少しでも長く佳純と繋がっていたいと真摯《しんし》に願っている。そうすることで、より多くのおんなのしあわせを美女アスリートに味わわせてあげたいと本気で思っていた。

「な、なんて気持ちのいいおま×こなんだ……。ぐふぅっ、か、佳純さん！」

颯太は快感に震えながら、シミひとつない純白の背中に圧《の》し掛《か》かるようにして膣奥を目指した。

「あぁぁ、深い。キミのおち×ぽが奥深くまで――」

ズルズルズルッと肉エラを膣襞に擦りつけながら、ついに鈴口をコリッとした軟骨にまで到達させた。

昨夜の行為は、ほとんど身に覚えがないが、確かにこの具合のよさは分身に刻まれている。

（ああ、やっぱり昨夜のあれは夢じゃなかったんだ……。夢みたいだけど、夢じゃなかった！）

しみじみと悦びが湧き起こる。憧れの美女アスリートと繋がれたのだから、それも当然だ。しかも、朧ろげな記憶の昨晩と違い、今はしっかりとこの交わりを記憶に焼き付けている。

（ああ、だけど、やっぱりこれじゃあ物足りない。佳純さんの表情も全部、頭に焼き付けたい！）

言い知れぬ欲望に駆られ、颯太は膣奥に肉柱を埋め込んだまま、おもむろに佳純の太ももに右手をあてがい、力づくで持ち上げた。

「あっ！」

咄嗟に声を上げる佳純。その持ち上げた太ももを自らの正面に抱きかかえるようにしながら、今度は左手で床に着いたままのもう片方の美脚を持ち上げた。

「きゃあぁっ！」

さらに短い悲鳴が薄い唇を吐く。

颯太の肉柱を中心に、おんなの腰を一八〇度回転させ、やさしくその腰を床に着地させてやる。

しなやかな上質の筋肉のお陰で、女体は驚くほど柔軟性に富んでいる。すらりとした美脚をM字に畳むと、思いの外、スムーズに正常位の交わりに移行できた。

「この方が、佳純さんとSEXしてる実感が持てるから」

念願の美貌が、半ばはにかむように、半ば嬉しそうに、頰を上気させている。

「もう。強引なんだから……」

颯太は、自らの体を折るようにして、佳純の美貌にその顔を近づける。

その意図を察した佳純が、ゆっくりと切れ長の眼を閉じていく。

薄い唇にそっと自らの同じ器官を重ね合わせる。はじめは掠め取るように、二回目は触れることを意識させるように、そして三回目にしてようやく佳純の唇に強く押し付ける。

「んっ……んふぅ……むふん……はふぅ」

ふんわりした弾力に跳ね返され、一度距離を置き、またすぐに重ねあう。

存在感たっぷりの乳房が、胸板に心地よく潰れた。

「んふぅ……んむん」

繰り返しキスしても、飽きることはない。それどころか颯太の情感は昂ぶる一方で、軽く息を継ぐうちに、すぐにまたその唇が欲しくなる。

見た目よりもふっくらとした朱唇は、採《と》れたての果実さながらに驚くほど甘く瑞々しい。しかも、どこまでも官能的で、容易《たやす》く颯太の理性を奪うのだ。

「佳純さん……むふっ！　なんて、甘い唇……はむっ……おふぅ」

短く息を継いでから上下の唇で佳純の上唇を挟み込み、チュチュッと粘膜で刺激する。

（ああ、嘘みたいだ……。佳純さんの唇を俺が……）

憧れの美女アスリートとの口づけに興奮が堰《せき》を切る。しかも、彼女の女陰には、分身を収めてあるのだ。

甘やかな快感に下腹部が痺《しび》れ、腰を動かしたい欲求に駆られている。

（いや。まだだ……。ようやくキスしたばかりなのだし……。いま動かしたら見境なく射精《だ》したくなる。それじゃあ佳純さんに申し訳ないよ！）

あるいは美女アスリートのアクメ貌を目の当たりにしたい颯太の自己満足に過ぎないのかもしれない。けれど、やはり佳純に感じて欲しい思いは強い。気持ちよくて、互いの存在を認め合うような愉しいセックスを佳純としたいのだ。

唇を求めあうのも互いの心を昂ぶらせるためだ。

「もっと熱烈なキスをしよう。はじめてのキスのような……。互いの距離をゼロにして溶け合おうよ」

熱く囁きながら颯太は、半開きにした口腔を真正面から重ね、少し強めに吸いつけた。舌を求められたことに気づいた美女アスリートは、生温かいその器官をおずおずと差し出してくれる。夢中で颯太は唇を筒状にして、ピンクの舌を愛撫した。

「ぬふん……あふうぅ……むほううっ……ぶちゅちゅっ……はふううっ……ほうぅん」

蜂腰に回していた手指を女体に這わせ、すべすべの肌を撫で回す。

ビクンと佳純がカラダを震えさせる。それをいいことに、女体の側面や腰部、太ももを嵩《かさ》にかかって触りまくる。

「佳純さんの肌、最高の触り心地でたまりません！」

すべやかな蜜肌に、脳みそが蕩けだしそうなほど興奮した颯太は、あえて控えていた白い乳肌に手を回し、その側面を壊れやすいガラス細工を扱《あつか》うような手つきで撫でまわした。

「ほうん！　んふぅ……んっ、んんっ！」

佳純の小鼻から漏れ出る吐息が明らかに熱を帯びる。横乳だけでこの感度なのだから、さぞや乳首は敏感なはず。そう判っていながらも、愛らしい乳輪の際《きわ》にまで触れさせた指をそれ以上は進めずに下乳の輪郭をなぞっていく。

「佳純さん。大きくベロを出してください。俺とベロチュウを……」

結ばれているにもかかわらず、緩急をつけ、焦らしさえする颯太。佳純は戸惑うような表情を見せながらも、なおも従順に応じてくれる。

ギュッと瞼《まぶた》を閉じたまま、おずおずとピンクの舌を差し出してくれるのだ。

すかさず颯太も分厚い舌をべーっと伸ばし、美女アスリートの舌腹にべっとりと正面から重ねた。

（むほっ！　唇以上に甘い……!!）

小さな鼻腔から漏れ出る吐息には、ダダ洩れの色気が載せられている。その甘い匂いが味覚にも影響を及ぼすのか、佳純の舌は本当に甘いのだ。

「ふもんっ！　うふぅ……んんっ……んっ、んんっ」

ねっとりとベロとベロを擦り合わせてから、またしても佳純の舌を上下に唇で摘まむようにして刺激する。

長く、息苦しいまでの口づけに、見る見るうちに彼女の頬が紅潮を強める。

「今度は佳純さんが、俺の口の中に……」

颯太の求めをすぐに理解した佳純が、舌を硬く窄ませて、若牡の口腔に挿し入れてくれた。互いの口を激しく吸い合う、濃厚なディープキスに、目の前でチカチカと火花が散る想いがした。

(うほおおおっ……なんて甘いんだ……甘々で、溶けちゃいそう……。佳純さんのこの唇も、ヌレヌレのおま×こも、もう全てが俺のものなんだ……っ!)

ここぞとばかりに颯太は美女アスリートの口腔に、唾液を二度、三度と大量に流しこんだ。それが、佳純を己のものにする媚薬のように思われたのだ。

「あふぅ……こんなに唾液を呑まされて。もう私は、キミのものよ……。ああっ……熱いわ……私のカラダが熱く火照るっ!」

牡獣に染め上げられ恍惚《こうこつ》の表情を浮かべる佳純。汗ばむ女体は、美しい純ピンクに染まり激しい肉悦にわなないている。

「ぐふううううっ」

佳純同様に、颯太も官能のボルテージを上限にまであげている。

温めた濃厚なゼリーをたっぷりとまぶした細管に、剝き出しの性器を漬け込んでいるような感覚で、腰の律動がなくとも颯太の敏感な部分が微妙に擦れるのだ。

もどかしげに佳純が細腰を捩《よじ》るたびに、颯太の官能も湧きたってしまうこともあったが、それ以上にまるでそこに別の生き物が潜んでいるかの如く、密集した肉襞がしっとりと吸い付き、キュンと締め付け、舐めまわすように蠢いているために、自然と颯太も追い詰められていくのだ。

しかも、ごつごつザラザラと派手に起伏したあげく、蕩ける滑らかさはやはり名器そのもので、その絶妙な肉壁に包まれているだけで、羽化登仙、法悦境を彷徨《さまよ》ってしまう。そこには、憧れていた美女アスリートに挿入できた精神的満足も加えられ、焦らしているはずの颯太の方が焦らされて、めくるめく快楽へと引き込まれてしまうのだ。

「ううっ。すごい。ち×ぽが、おま×こに溶かされそうです」

「はああ、私も……ああ、カラダが全部、蕩けそう」

男根の敏感な部位を通じて、ナマ独特の質感が押し寄せる。

（たまらない。どんどんハメ具合がよくなって……快感に限度がない）

颯太は佳純の腰に手を添えて、女壺が生みだす極上の味わいに浸《ひた》る。

ＳＥＸ特有の湿気によって発汗も激しくなる。デコルテはもちろんのこと、ピンクに色めく乳首も汗に濡れ光っていた。

「ぐわぁぁ……っ」

深くやわらかさを兼ね備えた女陰は、もっちりトロトロになって勃起を付け根まで呑みこんでいるにもかかわらず、さらに奥まで引きずり込もうとする勢いだった。

7

「か、佳純さん。俺、もう我慢できません。う、動かしてもいいですか？」

官能に顰《しか》められていた美貌が、一瞬にして泣き出しそうな表情に変わった。

「うそっ。動かすだけなの？　キミは、まだ射精《だ》してくれないの？　もう、私、イキそうなのに……」

もう絶頂間近にまで追い詰められているのに、どうすればいいのかと途方に暮れた佳純の表情がそれだったのだ。

(うわっつ、やっべぇ。佳純さんが超カワイイ！　なんて貌をしてくれるんだ!!)

肉棒を咥え込む陰唇は、きゅうきゅうと肉幹を締め付ける。愛液は止めどなく溢れていて、純白の太ももまでべとべとになっている。

「い、いいんですね？　佳純さん！」

「いいわ！　滅茶苦茶にして。この恥ずかしさを忘れさせて……」

促され颯太は、ゆっくりとした腰を使いはじめた。

驚いたことに佳純が、颯太の腰に美脚をからませると足首でロックしてくる。下腹部を密着させ、より深い挿入を求めるようにヒップをせり上げてくるのだ。

「私、破廉恥《はれんち》ね……。でもキミに密着していたいの……」

正常位で重なり合う、若々しい男の肉体とアスリートらしい柔軟な女体。時おり触れる佳純の頬は熱く火照り、玉のような汗を滴らせている。

「か、佳純さん！」

いつになく颯太の血潮が滾った。ラグビーの試合でも、これほど滾ったことはなかったかもしれない。

あれほど奥ゆかしくも恥じらいを見せていた佳純が、まるで「もっと奥まで突いて！」と、せがむように貪欲《どんよく》な動きを見せているのだ。

「ああ、いいっ……どうしよう。とっても気持ちいいっ！　颯太くん。好きよ。キミが好きっ！　愛してしまったの……」

鼓動が重なり合うほどの至近距離で交わる内に、その熱量に気持ちまでが蕩けてしまうのだろう。常に礼節をわきまえていた美女アスリートが、ストレートに感情を露わにしている。それればかりではない。ぎこちなくはあったが奔放な腰つきさえ開始された。

丸み豊かなヒップを揺らし、ふっくら盛り上がる恥丘を擦りつけてくる。溢れ出た愛液で湿った淡い草叢《くさむら》が、颯太の陰毛にからみつく。

「あっ、ああん……。いいっ。もっと……お願い、もっと突いて！」

肉欲の懇願に颯太の脳内では、一足早く射精した。だが、歯をくいしばり、一定のリズムで抜き挿しを繰り返す。佳純の腰つきがイレギュラーなリズムを紡ぐため、予測不能な快楽が掘り起こされる。

互いの腰が動くたび、颯太の裸体から噴き出た汗が滴り、佳純の女体を濡らす。

「あうっ、こんなに奥まで届いて……ああ、すごいわ！」

佳純の腰つきが苛烈《かれつ》さを増してきた。上下するばかりでなく左右にも揺れ、ついには円を描くように動いてくる。

運動神経が優れているばかりでなく柔軟なカラダゆえに可能となる蜂腰の動き。粘着音はより卑猥になり、結合部どころか草叢まで淫液まみれだ。むせ返るような淫臭が立ち込めて、理性など跡形もなく消え失せる。

颯太は腰をやや高い位置に留め、律動を佳純の腰つきに任せ、自分は激しく揺れ動く双の乳房に劣情を向かわせた。

あれほど清楚であった乳首が、いまは彼女の発情そのままに淫らなそそり勃ちを見せている。

颯太は、体をぐいっと深く前傾させ、その一方をピンクの乳暈《にゅううん》ごと頬張った。

「ああん、乳首ダメぇ……。こんなに敏感になっている佳純の乳首、舐めちゃいやぁっ！」

細腰がぐいっと持ち上がり、ぢゅぶぢゅぶっと肉幹を付け根まで呑み込んでいく。すぐさま双尻が重力に任せて落ちていくと、亀頭カリがぞぞぞっと肉襞を道づれに抜け落ちる。けれど、反《かえ》しの利《き》いた肉エラが膣口裏に引っ掛かり、危うい位置で留まると、それを追うようにしてまたしても蜜腰が浮き上がるのだ。

「ぐふううぅっ！　佳純さんのおま×こ、締め付けながらピストンするのだからヤバ過ぎです!!　ぢふうううぅ……っ！」

ずぶずぶに濡れそぼる肉襞は、どこまでもやわらかいのに、むぎゅりと締め付けては、颯太の分身に擦りつけてくる。牝汁まみれでヌルヌルの膣胴なのに、十分以上に摩擦が起きるのが不思議だ。

チュッパチュッパと乳首を吸いつけ、もう一方の乳首は指の腹ですり潰しながら、下腹部から湧き上がる津波のような官能に酔い痴れる。

（ヤバい……このままではもう持たない。我慢できなくなる……っ）

会陰《えいん》の奥で嵐のように欲望が渦を巻いている。肉棒は限界を訴え、暴れ狂うように激しい脈動を繰り返す。

やむを得ず颯太は、佳純のしなやかな美脚を肩に担ぎ、さらに女体に圧し掛かっていった。

「えっ？　あぁぁ、深いわ、おち×ちんがもっと奥深くまで……！」

高く掲げたヒップに打ち付けるように力強く腰を振る。ジュプッ、ジュプッと揺れるごとに淫蜜が飛び散る。左手を床につき、右手を乳房に及ばせた途端、女腰がビクビクと痙攣しはじめた。

「あん、あんっ、あんっ。ああ、凄い！　逞しいわ。感じる。ねえ、佳純、感じちゃうっ、すっごくいいのっ！」

麗《うるわ》しの美女アスリートが、我を忘れたかのように自らの名前で悦楽を叫ぶ。あられもなく甲高い声で泣きよがる佳純の痴態は、颯太を決壊させるにじゅうぶんな魅力があった。

「あぁん、もうダメッ。イッちゃうの。キミのおち×ちんで佳純、イッちゃうよぉ〜〜っ！」

鼻にかかった甘えた牝声。これが彼女の本気のよがり声なのだ。

さらに獣欲を煽られた颯太は、その細い足首を捕まえ、力任せにぐいっと持ち上げた。そのまま女体をぐいっと二つ折りにして、自らも上から覆いかぶさるように大きく前方へと倒れ込む。

「おおんっ、あはあああぁぁっ」

女体を折られ、さらに高くお尻だけが持ち上がった佳純は、小さく呻いている。

「ああ、昨晩とは別人みたい。ああ、すごい。すごいのぉ」

それはそうだろう、昨夜はほぼ夢心地の状態で、恐らくは欲望の赴くまま単純に腰を振りまくり果てたのに違いない。けれど、今の颯太は彼女の様子を子細に観察し、どうすれば佳純が乱れるかと、その一点に意識を集中させているのだ。

指と舌で散々下地を作り上げ、その弱点も探索してある。擦り付けと圧迫を繰り返す単調なリズムといえども、丹念にそのポイントを擦られるのだから美女アスリートが感じないはずがない。

身も世もなく恥じらいさえ打ち捨てて、高嶺の花は悶えまくるのだ。

「佳純さん、あぁ佳純っ！　イキかけのおま×こで俺のち×ぽを受け止めて！」

美人アスリートを力任せに屈服させているようで、ただならぬ興奮が颯太を暴走させる。

ついには見境を失い、いきり勃った分身を女陰から大きく退《ひ》かせると、一気に奥までずぶずぶずぶっと埋め戻した。

「ほうううううううぅぅぅっ！」

くぐもった悲鳴の如き呻きが、佳純の口から洩れた。そのすすり泣くような喘ぎが、悩ましく掠れ震えている。

苦しげでありながら、どこか安堵にも似た表情を浮かべる佳純。が、すぐにまた律動しだした颯太に、狼狽の色が浮かんだ。

「あぁんっ、ダメぇ。イキそうなおま×こ掻きまわされたら私……ん、んんっ！」

性悦に蕩けた媚肉は、佳純の意に反し、艶やかに剛直を絡め取る。

高々と媚尻を掲げた屈曲位に、結合部がくっきりと見えている。

「おおっ！　ち×ぽが入り口をパツパツに拡げているのが丸見えです！」

昂ぶりの声をあげながら颯太は手を伸ばし、美女アスリートの肉のあわい目でそっと息吹く可憐な肉芽を指先に捉えた。

「えっ？　あっ、ダメッ。いまそこを触っちゃダメぇ〜〜……っ！」

軽い絶頂が連続して兆している女体が、啼きどころを責められてはたまらない。佳純はさすがに腰を揺すり、その手を逃れようとしたが颯太はそれを許さない。

「じっとしていてください。佳純さんの美しいイキ貌を俺はずっと見ていたいのです

「……！」

甘く言い聞かせながら器用な指先でルビー色に尖った肉芽をちょんと突くと、包皮から牝芯が顔を覗かせた。

「きゃうっ！　ひあっ、あああああぁ〜〜っ！」

性神経の集積した小さな器官は、やさしく嬲ってやるだけで、それに見合わぬほど強烈な肉悦を引き起こす。半狂乱に女体が躍った。

押し寄せる喜悦の大波に全身を揉まれながら、しなやかな手が虚空を掴もうともがく。糸が絡まった操り人形のように闇雲に何度か空を切ったあと、床に落ちてなお掴み取るよすがを探している。

「ダメぇっ。あぁダメなの私っ。そ、そこは敏感すぎるの……はうううっ……イッ、イクぅ……ああっ、佳純、イクぅぅぅ〜〜っ！」

涙をこぼし、全身が鴇《とき》色に染まるほど息む美女アスリート。引き締まったカラダのあちこちを硬直させ、苦しげにイキ極めている。

引《ひ》き攣《つ》れるように頭を突っぱり、細《ほ》っそりと尖った顚を天に晒して、発達した双臀を宙に浮かせたまま媚麗な女体が艶めかしく痙攣をする。

「ああ、佳純さん、またイッているのですね……。今度は本気イキか……。全身を息ませて、淫らなアクメ貌……。なのに佳純さん、ものすごくきれいです！」

ついに佳純を最絶頂へと導いた。その妖しくも美しいイキ貌を拝むことができた。

その達成感の一方で、凄まじい渇望が颯太の下半身を苛《さいな》んでいる。

もどかしく疼く掻痒感《そうようかん》にも似た欲求に、たまらず颯太は本気の腰を使う。

ぶぢゅ、くちゅ、ぢゅりゅるっと、うねくるぬかるみに抜き挿しすると、またしても美女アスリートが妖しく身悶える。

「あん。ダメぇ、イッたばかりなの……。あん、あっ、ああ、やめっ……何度……んっ、はぁぁ……イカせれば……ッ、くふぅっ……き、気が済むの……？」

ずぶんと肉柱がトロトロにぬかるんだ肉畔《にくあぜ》を満たし、袋小路で軟骨状の奥壁とぶち当たる。反りあがった尖端で、肉路の臍側にある子宮を持ちあげている。

「あはぁ、太くて硬いのが……。お、奥に当たって切ないっ。コツン、コツンって頭にまで……ぁんんっ……響いちゃうぅ～っ！」

苦しげに美貌を歪め静止を求める佳純。けれど、その苦悶の表情が、かえって颯太を煽り、その腰つきを確実に力強いものにさせていく。

「好きです。佳純さん。知り合って短い時間でも、こんなにも好きになるものなんですね！　すっかり俺は佳純さんの虜です。こんなに好きな人だから佳純さんをしあわせにしたい！　たくさんイキ極めて欲しいのです！」

いささかの粉飾もウソもない。何もかも忘れ、ただひたすら佳純のことが愛おしくてならない。肉体の結び付きを魂までのものへと昇華しようとするように、颯太は本能のままピストンを繰り返す。

「あはぁ……ず、ずるい……。そんなに佳純を悦ばせていいの？　あうん……あっ、あぁっ……キ、キミは、佳純のこと何も知らないくせに……」

「知らなくてもいいです。目の前の佳純さんのことが愛しいのですから……。好きだよ。佳純のことが好きで、好きで、たまらない。愛しすぎて、狂いそうだ！」

言っている側から情感が込み上げ、その想いをぶつけるように肉塊を抜き挿しさせる。

「あっ、あぁ……うれしい……佳純はいつでも……あぁん……大好きなキミになら……ひあっ、あぁん……イカせて欲しいっ！」

ふたりは恋愛のプロセスを踏まずに結ばれているからこそ、互いを貪るようにこれほどまでに性悦に酔ってしまうのかもしれない。

普段は、冷静な一流のアスリートであるはずの佳純でさえ現実を見失っているようなのだから、颯太が見境をなくすのも当然と言える。

（現実なんてどうでもいい。こんなに美しい佳純さんが、これほど淫らに俺とのSEXに酔い痴れてくれているのだから……）

込み上げる激情に颯太は、ふたたび唇を差し出した。媚女がうっとりと応じてくれる。

「んんっ。ふむん、はふぅ……あふ、あぁ……っ！」

短い息継ぎの後、再び唇を重ねながら颯太は唾液を流し込む。自分のおんなだと判らせるように佳純に与え呑ませた。その間も、ズムッズムッと肉茎を抜き挿しさせる。

「ほうぅッ……イ、イッちゃう！」

矜持と歓びを満たされ颯太は、タガが外れたように猛然と腰を繰り出した。最早、自制など頭にない。

「あん、あん、あぁぁっ！　またイクっ。ふしだらで、ごめんなさい。キミのおち×ちんで、佳純、何度でもイッちゃうよぉ～～っ！」

身も世もなくイキ乱れる佳純。切なげに啼き叫び、自らも蜂腰を揺すらせている。彼女が動くたび、敏感な粘膜に心地いい刺激が広がり、肉棒が熱くなる。

本能に導かれ颯太は股座をぶつけていく。雄々しい抽送を発情の坩堝《るつぼ》と化した女陰に、とめどなく何度もずぶずぶと抜き挿しさせる。

頭の中が吐精への欲求に占められ他に何も考えられない。その癖、苦悶にも似た表情を左右に揺すらせ、啼き喘ぐ佳純の扇情的なよがり貌は、全て脳裏に焼き付けている。

容《かたち》のよい鼻は天を仰ぎ、紅潮させた頬が喜悦に強張っている。黒い瞳には涙さえ浮かべ、朱唇はわなないている。

「ぐうぅっ……。もうダメだ。もう射精《イ》きそう！　おおおっ、佳純ぃ〜〜っ！」

とりわけ強い快感が閃いたのは、肉傘の縁《ふち》を襞肉にマッチでも擦るように擦り合わせる瞬間だ。火を噴くような電撃が、カリ首から脳天へと突き抜けた。

「ぐふぅ、射精《イ》くっ！　か、佳純のおま×こに射精《だ》すよっ！」

牡《おす》の支配欲を剝き出しに、愛しいその名を繰り返し呼び捨てにしながら子宮口に亀頭部を密着させた。ムギュッと横隔膜に力を込める。

即座に、肉珠の奥で爆発が起きた。

反り返った肉茎が太さを増し、溶けた鉄のような熱いとろみが、がちがちに硬くなった肉胴を遡っていく。

「出る、出るぅっ、おおぅ、佳純の膣中に……射精《で》るうぅ〜〜っ！」

雄叫びと同時に、三度の痙攣と共に吐精が起きる。二度目だというのに、まったく衰えない勢いで、新鮮な濃厚汁が噴出していく。

男の情欲を全身で受け止める佳純は、美脚をぴんと突っ張らせ、絶頂を極めたまま颯太の背中に繊細な爪を立てた。

「あはぁ、おま×こが溢れてしまう……。キミの精子で子宮がいっぱいに……。あぁっ、熱いのでもイキそう。佳純、精子でもイグぅ～～っ！」

あり得ないまでに子胤《こだね》を注《そそ》ぎ込まれた美女アスリートが、身も世もなくふしだらにイキまくる。それでも颯太が肉塊を退かせようとしないから、佳純は切なげに息を詰め、その美貌を真っ赤にさせている。

「ぐふううつ。搾られる。佳純のおま×こに、ち×ぽが搾られる……あぁ、もっと搾って……俺の精子を全部搾り取って！」

種付けの悦びに震えながら颯太は、佳純に懇願する。その求めに従うよりも早く、受胎本能に捉われた若牝が肉幹を蠱惑と官能のままに強く締め付ける。

結果、颯太は凝結した精嚢をべったりと股座に密着させ、根元まで分身を呑み込ませたまま、さらなる誘爆を迎えることとなった。

膣奥で、断末魔のように肉塊が嘶《いなな》きながらドクリドクリと残りの精を吐き出す。

「ああああああああぁぁぁぁ～～！」

佳純の搾り出すような絶頂の喘ぎ。その淫ら極まりない牝声にうっとりと聞き惚れながら颯太は、牡汁をとめどなく噴射させている。

「おふううう。こ、こんなに射精するの、はじめてかも……。でも佳純が相手なら何度でも射精できそうだ！」

どれだけ吐精しているのかも判らなくなるほど夥しく放出しているのに、濃厚な濁液はなおも粘っこく子宮を溺れさせている。

さすがに、これが打ち止めと颯太が萎《しぼ》みかけの肉塊を引きずり出すと、愛蜜と入り混じった牡汁が白い泡と化して逆流し、蜜口からどぷんと下品な音をさせて噴きだした。

第二章　宅飲みから始まる肉悦

1

「ねえ。佳純が感じるのはどこ？　おっぱい？　それともおま×こ？」

ベッドの上、全裸の美女アスリートを対面座位で貫いたまま颯太は質問している。

土曜日の昼下がり。

部屋に差し込む冬の澄んだ日差しに、汗に濡れた白い女体が眩《まばゆ》いまでに濡れ光り、ハレーションを起こしている。

「あっ、あぁん……ねえ。颯太ぁ。もうダメ……。帰らなくちゃ……。このままじゃ、コーチに叱られちゃう」

佳純と関係を持つようになってからひと月。いわば恋人同士として蜜月にある時期ながら、実はそれほど頻繁には逢えていない。

競技者としての佳純のスケジュールを優先せねばいけないからで、逢瀬《おうせ》は二週に一度ほどがやっとなのだ。

その分だけ颯太は、熱く佳純を求め、彼女も積極的に応じてくれる。けれど、佳純がそこそこ著名なアスリートであることから、いつも逢瀬は颯太のアパートが決まりだった。

「ああん。こんなにイカされ通しでは、おかしくなってしまうわ」

「いいんだよ。おかしくなっても……。どんなにイキ乱れても、悦びが深まるだけでしょう？」

「そ、そう。どんどん悦びが深くなっていくの……。もう颯太と離れられなくなりそうなほどよ。ああ、でもやっぱり恥ずかしい……。はしたない佳純をこれ以上キミに見せたくないもの」

いつまで経っても恥じらいを捨てられずにいる佳純。それでいて従順でいてくれる。頑丈で力の強い颯太の前でだけは、か弱いおんなでいられることが、嬉しいらしい。

「それも大丈夫。俺は佳純が、はしたないおんなだって知ってるから……。でも、それ以上に佳純は……美しくて、淫らで、最高！　ぶぶぢゅちゅちゅちゅ～～っ！」

「あはぁん、いやぁ……。もう！　本当に恥ずかしいのにぃ……はしたない上に、淫らだなんて……あっ、あうんっ、んんっ……で、でも、気持ちいいっ！」

それでも颯太から与えられる官能に肉体は馴致《じゅんち》していく。それが肌を重ねた男女の慣れというものだろう。

「ねえ。それで、どうなのさ……。その気持ちいいのは、おっぱい？　それともおま×こ？」

優しく背筋を撫で擦りながら、乳膚にぷっと吹き出した汗の粒を舌先で掬う。

「あぁ、いい匂いだ……。やっぱり佳純のおっぱい、甘い香りで最高だ！」

例え勃起不全に悩む男でも、この薫香を嗅いだ途端、立ちどころに復活を遂げるのでは、と思うほどのフェロモン臭。瑞々《みずみず》しくも早熟《そうじゅく》の女体が放つ牝臭に、颯太は心の底から溺れている。

「あん！　おっぱいもおま×こもすごく感じる……。颯太にしてもらえるならどこでも感じちゃううぅっ！」

自分から訊《き》くだけ訊いて、返事も聴かぬうちに乳房への狼藉を振るう。そんな自分勝手な若牡に、一つ年上の美女アスリートは大人しく身を任せてくれる。

冬の気配を色濃くした空気の冷たささえ吹き飛ぶほど、汗みどろに女体が濡れているのは、既に何度もイキ極めているからだ。

「どこでもってことは、こんな場所も？」

言いながら颯太は、細腰にあてがっていた右手を女体の裏側に進め、尻の谷間を探った。

「あ、ダメっ。そこはいやっ……あっ、あっ……。お願い颯太、やめてぇっ！」

若牡の狙いに感づいた佳純が、狼狽の色を浮かべながら懇願してくる。

逢瀬の回数は少なくとも、その分、逢えた時間はたっぷりと美女アスリートの女体を隅々まで貪っている。お陰で、すっかりその性感帯を暴きたて、女体を開発し続けていた。結果、自分でも浅ましいと口にするほど颯太が欲しくてたまらない状態になっているらしいのだ。

アヌスに指を咥え込ませるのも、これが初めてではない。

当初こそ佳純を恥ずかしがらせるための責めどころであったアナルが、彼女の性感帯の一つであると気づいてからは、毎度のように揉み解しては指先を挿入している。

いつかはここの処女を奪おうと、勝手に颯太は目論んでいた。

「でも佳純は、どこでも俺にしてもらえれば感じるって言ったよ。だから、ほら、お尻の孔《あな》でも感じてみせてよ！」

美女アスリートを深々と貫いたまま、執拗にアヌスを指先でくにくにっと揉み解す。途端に、美貌がふるふると左右に振られた。

「ああ、そんな……。佳純、またお尻を弄《いじ》られて感じてしまうの……？　あっ、あああん、いやぁ！」

恨めしげな瞳で見つめられるのも素知らぬふりで、ヒクつく菊座を指で触診しながら、窄まりの中心にゆっくりと突き立てる。美女の股座は初期絶頂に、すっかり濡れ散らかしているから潤滑油《じゅんかつゆ》には事欠かない。

「あああぁ、そんな……挿入《い》れちゃダメぇ……ダメなの、ああああぁぁぁっ！」

直腸への指の挿入を阻止しようと括約筋に力が入る。これが日々の鍛錬の賜物《たまもの》なのか、膣孔に埋めていた肉棒も根元から先の先まで全て余さず、ぎゅっと締め付けられた。

「おおおおおおおっ！　か、佳純っ。すごい、すごいよ……。締められる……ち×ぽが、ぎゅううううって、締め付けられる……」

「あはぁ、だって、ダメなの……。颯太がお尻に意地悪するから……。ああん、いやぁ……。まだ挿入《い》れちゃうの？　あぁぁん……」

恥じらい喚《わめ》く美女アスリートは、ひどくカワイイ。その声に満足した颯太は、指の侵入を第二関節のあたりで止めさせた。

「おおっ。お尻の締め付けもすごいよ……。指が痛い……。ほら、少し緩めてよ。血が止まっちゃうよ……」

「ああああぁぁ、緩めるなんてそんなことをしたら、絶対颯太はいやらしいことをするよね……？　佳純のお尻の孔に出し入れさせちゃうのでしょう……？」

「だって感じているじゃん。ケツの孔をいじったらアクメにぐったりしていたおま×こがヒクヒクいって熱い滴りを吹き出させるよ……。ほらぁ、ほら、ほらぁ！」

言いながら颯太は左の指で蜜汁をこそぎ取り、佳純の目の前に突き出して見せた。

「いやあ。見せたりしないでぇ……！」

颯太の前ではどれほど従順でも、やはり佳純はうら若き乙女なのだ。凛としていた居ずまいはすっかりなりを潜めて、美女アスリートは羞恥して狼狽《うろた》えている。

「絶対に佳純には、ケツま×この才能があると思うよ。膣ま×こと一緒に責められてこんなに喘いでいるのだから」

なんせマゾだからねと、追い打ちの言葉を耳打ちしてやると女体がブルブルッと艶めいた痙攣をはじめた。

言葉責めに弱いのも彼女の性癖の一つだろう。

「ほら、素直になろうよ。お尻を弄られて気持ちよくなっちゃおうよ！」

尻穴を弄んでいるせいか、いつになく颯太はサディスティックな気分でいる。

「ああん。お尻でも感じちゃうなんて佳純はビッチね……。あぁ、でも感じちゃう。ダメなのにどうしてぇ……？」

嫌がる言葉とは裏腹に、美貌には切羽詰まった色が滲んでいる。

「あぁ佳純、こんなにふしだらで淫乱みたい……。こんな自分、嫌いなのにぃ……」

どうにかなってしまいそうなほどの快感を裏表の門から受けているのだから、それも当然だろう。けれど、それを当たり前と受け取らずに、いつまでも奥ゆかしい恥じらいを見せるのが佳純の魅力の一つだ。

「どうしてさ。俺はエッチな佳純大好きだよ。淫らでもすっごく綺麗だし……。やばいくらい大人カワイイしさぁ」

「えっ？　ああん、そんなにうれしがらせないで……。颯太にそう言ってもらえるとすごくしあわせで……あぁ、佳純、イッちゃう、あっ、あっ、あぁ、ダメっ！……イクの、イクっ、イクッ、イッくぅうううううっ！」

びくん、びくんと派手な痙攣を起こしながら艶めかしい啼《な》き声を甲高く漏らし、佳純は激しくイキ乱れた。

「ぐふぅぅっ……。か、佳純っ！　派手にイッたね。つく、すごい締め付けだ……。かなりきっついアクメだね」

ふいに訪れた巨大絶頂波は、颯太が目を白黒させるほど驚くほどの高さにまで極めている。

牡獣の言葉に蕩け、前と後ろの門をぐりぐりと刺激され、瞼の裏に極彩色の花火が打ちあがったのだろう。お尻を弄られる恥ずかしさが、絶頂の訪れる感覚を見失わせていたからこそ、不意打ちのような絶頂になったのではないか。

「んふぅ……あはぁ、くふぅ……ハア、ハア、ハア……」

半ば意識が千切れ飛んでいる佳純の艶々とサクランボのように紅潮した唇を、颯太はねっとりとしゃぶり付けた。

熱い口づけを何度も浴びせ、濡れ光る瞳の奥を覗き込む。いまや最愛の男となった颯太の血走った獣の眼が映り込んでいる。

「ほらあ、自分ばかりイッてずるいよ。俺も気持ちよくしてくれなくちゃ！」

拗《す》ねたように甘えてやると、途端に佳純が年上であった自分を取り戻す。

「ああん。本当に佳純のカラダ淫らすぎ……。颯太ばかり置いてけぼりを食わせてごめんね」

「そうだよ。いつも佳純ばかり先にイッて……。でもエッチな佳純は、物凄く色っぽいから許すけど……。そろそろ俺にも射精《だ》させてよ。そうしたらお尻の指も抜いてあげるよ！」

「わ、判ったわ。キミを射精させればいいのね……」

小さく頷いてから美女アスリートが、対面座位の蜂腰を軽く浮かせ、クナクナとそよがせていく。鍛えられた腹筋が、妖しい腰つきを生み、酷く心地いい。

颯太の肩に頤を載せ、健気《けなげ》に細腰を揺すり続けるのだ。

けれど、イキ極めた余波を残したまま蜂腰を振ると、つい自らの官能を追う動きになるらしい。

「あっ、あん。やぁん。気持ちいいっ！　ねえ、気持ちいいのっ‼　颯太を気持ちよくさせるはずなのに、ああん、このままじゃ、また佳純、変になっちゃぅ！」

浅瀬の感じるポイントに擦りつけては甘く呻き、奥のポルチオに導いてはすすり泣く美女アスリート。またしても軽いアクメの漣《さざなみ》が女体に押し寄せるらしく、唇を艶っぽくわななかせながら腰つきをくれる。

「あぁぁ、はぁぁん。イッて。早くイッて……。じゃないと、佳純、切なくなるぅう……！」

「ああ、いいよ。佳純のエロい腰つき。熱くて奥まで濡れ濡れのおま×こが、ち×ぽのあちこちに擦れるよ！」

「ああ、エロい腰つきなんて言わないで。佳純は、自分の淫らさを判っているの……。あぁん、なのに腰を止められない……。颯太を気持ちよくしてあげるつもりなのに……あぁ、また佳純の方が……」

佳純はたびたび自らをはしたないとか、淫らであるとか蔑《さげす》むように口にする。恥じらい深く、奥ゆかしい彼女だから自らをそう捉えてしまうのだろう。けれど、颯太はそんな佳純をビッチであるとか淫乱などと微塵も思っていない。むしろ、彼女をつくづく美しくカワイイと思っている。

「颯太ぁああ、ダメなのぉ……気持ちよすぎちゃうぅぅぅ～～っ！」

艶めかしく蜜腰を振りながら佳純が啜り啼くような鼻声を響かせる。室内に充満する喘ぎ声は、隣の部屋にまで漏れ出しているだろう。

「すっかり、佳純は気持ちいい場所を覚えたみたいだね」

「お、覚えちゃった……。ううん。颯太に覚えさせられたのぉ～～……っ」

熱い吐息を漏らす美女アスリートの純白女体が蜜のように甘く匂い立ち、濡れ艶いている。

絹肌を流れる汗は滝にでも打たれたよう。全身がオイルを塗《ぬ》られたゆで卵のようにヌラヌラと妖しく煌《きら》めき、ほつれた黒髪を頬や額にべったりと張り付かせている。

「あうん、あああん、ダメぇ……佳純、またイクぅ……そ、颯太……もう、ダメなの。佳純、おかしくなる！」

ピチピチに張りつめた美肌のあちこちに颯太は手指を滑らせていく。まだ水を弾く年頃の絹肌は、ぴちぴちっとした感触ながら掌に吸いついてくる。そのたびにビクン、ビクンと女体が切なくわななくのが愉しい。

「おかしくなっていいよ。佳純のイキ貌、最高に綺麗だから、俺、何度見ても興奮しちゃうんだ！」

「でも、また佳純ばかりって……」

「いいよ。もう言わないから我慢しないで……。佳純が気持ちよくなるの俺も嬉しい！」

我ながら颯太は、自らの中に天使と悪魔を飼っている。その双方に翻弄《ほんろう》され、美女アスリートが堕《お》ちていくのだ。

目元はツヤツヤのリンゴさながらに上気し、切れ長の眼は潤み蕩け、煌めく瞳は可憐な上目づかいも一途に、颯太の顔をじっと見つめている。

半開きの口唇は食べられるのを今か今かと待ち受けながら官能にわななないている。

「ああ、佳純、なんていやらしい貌をするんだ！　せっかくの美人が台無しだ」

弾けんばかりの若さと大人っぽいまでの妖艶さには、淫獣と化した颯太でさえ胸を疼かされてしまう。

たまらず美貌に唇を寄せ、キスの嵐を浴びせかけながら愛撫を続けた。

若牡の指先や唇が、細い首、艶やかな肩、繊細な鎖骨と濡れ肌を辿《たど》るたび、敏感にも爪先まで緊張させて、ビクビクと快感痙攣に震えている。

「ほら、イキたいのでしょう？　今度は俺も一緒にイクから、もっと腰を動かして」

牡獣に促され、最奥まで肉柱を導いたままの蜜壺がグラインドを再開させる。抜き挿しではなく密着したまま円を描き擦れていく。

「ぐおっ！　佳純っ、動いてるよ。おま×こがヒクヒクと俺のち×ぽに巻きついてくる。おま×この中で混ぜられていると、すごく気持ちいいよ」

「佳純もよ。恥ずかしいのに、とても気持ちいいの。ああん、狂ってしまいそう！」

グラインドしていた腰つきがどんどん激しくなっていく。前後にも大きく揺すりながら膣孔の襞という襞を肉棒に擦りつけてくる。

まるで熟女の如き腰つきで、ふしだらにもびちゃびちゃと性器から淫らな水音を立てさせている。

「ああぁぁ、もう……もう……あああぁぁぁん、あああああっ……だめなのに……イッちゃう……颯太あぁ、あぁ颯太ぁぁぁ……！」

扇情的に牝啼きする美女アスリートに、最早颯太もじっとなどしていられない。左手の指を佳純の裏孔に挿し込んだまま下から何度も腰を突き上げる。

無意識のうちに尻に回した左手に力を込め、女体を持ち上げようとするから、微妙な力が肛門にも加わっている。そのたびに菊座がぎゅっと締めあげ、巻き添えに肉棒も強く締め付けられた。

「佳純。すごい。締めつけてくる……おま×こが……。ヌルヌルなのに、ぎゅって締めつけるんだ……。すごいよ。最高だ……気持ちいいよぉぉぉ～っ！」

羽化登仙の心地よさに、颯太は魂まで昇り詰めていく。ついに喜悦が沸点にまで達すると陰嚢が発射前の収縮をはじめた。

「気持ちいいっ。ち×ぽに擦りつけてくるおま×こも……。胸に擦れるおっぱいも……。ももを擦る尻肉も……。佳純の全部が気持ちいい……。好きだよ。佳純っ……愛してるっ！」

「ああ、颯太……佳純もよ。あぁ……颯太の全部が……大好き……あああぁぁっ……

ああん……。ねえ、好きなの……あぁ……好き、好きぃぃ……っ！」

蜂腰がさらに大きく揺らぎ、ずぶんずぶんと勃起の抜き挿しをはじめる。

悩ましくお腹がくね動いては、膣肉を強く打ち付けてくる。

「ぐうぉぉぉっ。いやらしいおま×こに射精《だ》すよ……あぁぁ、イクっ！」

「ほおおおぉ……。お、お願い！　射精《だ》してっ……。佳純も一緒にイクから……。

颯太の熱い精子をお願いぃぃ〜〜っ！」

若牡の精を子宮で受け止めようと、美女アスリートは発情させたヒップをなおも振り、颯太の噴精を煽る。佳純が、その存在そのもので颯太の快感を高めてくれる。凄まじい快感。目も眩むほどの悦び。耳を劈《つんざ》くほどの多幸感。全てが牡獣の満足へと結実していく。

ドップンッ——かつて自分でも感じたことがないような射精感。亀頭部が破裂したのかと疑うほど、鈴口が爆ぜ、精液が撃ち出された。

新陳代謝の激しい若牡は、何度射精しても、その濃厚さや勢いを衰えさせない。白濁の塊が佳純の子宮口にぶつかり、イキ極めていた牝肉をさらに高みへと導いた。

力強く抱き締められた媚女は、情感たっぷりに颯太の名前を何度も呼んでいる。

ひしと首筋にしがみついたまま佳純は忘我の淵を彷徨っている。

「ああ、佳純。こんなにエロい貌をして……。目の焦点もあってない……。でも佳純は、やっぱりいいおんなだ。ほら、キスしよう」

「んんっ、颯太ぁ、好きよ……好き、好き……。んふぅ、愛しているわ」

美女アスリートの朱唇に自らの唇を重ねる。そのまま互いの想いを確かめるように、激しく舌を絡め合わせた。

2

「あら、穂積くん。まだいたの。頼んでいた例の件で？」

パソコンのモニターと資料を突き合わせ悪戦苦闘しているところに、不意に背後から声をかけられた。

振り返るまでもなく声の主が誰であるかは判っている。

この研究室の主ともいえる准教授の沢尻《さわじり》玲香《れいか》その人だ。

途端に、颯太は身を固くした。

別に、准教授を怖れている訳でも、頼まれていた〝例の件〟が滞っている訳でもない。

「はい。　とりあえずフィールドワークのための下調べは済んでいるのですが、大学への届け出の書類にてこずってまして……」

本来であれば学生である颯太が、大学への届け出の書類まで用意する必要はない。けれど、このゼミに参加するようになって間もなく、颯太の仕事としてあてがわれているのだ。

「もしよかったら将来的に研究室の手伝いをしてみない？」

と、玲香からの申し出に乗ったのである。

ケガによりラグビーを断念した時期と重なり、暇を持て余していたこともあった。三回生になって間もなくの頃で、就職先をどうするか悩みはじめた矢先であっただけに、研究生として大学に残る道が開けたことを喜んだ。

「残るつもりがあるなら、早いうちから手伝ってくれる？　修行みたいなものだから学生でも構わないわ……」

文化人類学部民俗学科・沢尻研究室——それが颯太の所属するゼミの名前だ。

元々、颯太の存在は異端であるに違いない。

ラグビーをやるために大学に進学しておきながら、他方でスポーツ選手が所属する経済学部をよしとせず、己が興味のまま文化人類学部を受験したのだ。

はじめからラグビー選手として大学からスカウトされたわけでもないため、どの学部を受験しようと自由ではあった。けれど、あまたの学部の中でも文化人類学部を選びながら、ラグビー部に所属する学生は、ゼミにとっても部にとっても異端も異端の変わり種であったようだ。

けれど、大きなケガを負いラグビーを断念した今になって思えば、自分の興味のある学部を選択していて正解であったと思う。

ただ実は、はじめから民俗学を志したわけではない。正直、自分の成績と相談した時に、合格できそうなのが民俗学科であったわけだ。いずれにしても、研究室に卒業後も残る道を選ぶほど、どっぷりと浸《つ》かることになるとは想定外だった。

（それもこれも、この人がここにいるから……）

もちろん民俗学の奥深い面白さに嵌まったことは確かだが、それよりも何よりも沢尻玲香に惹《ひ》かれたことの方が大きい。

フィールドワーク・民俗学概論３の講義をはじめて受講した時、颯爽と登壇した玲香に颯太はほぼ一目惚れに近い状況で瞬殺された。

以来、他の先生の講義は、自主休講や代返などで済ませても玲香の講義だけは皆勤している。

それほどまでに端麗《たんれい》な容姿に、玲香は恵まれていた。

おまけに彼女は現在、未亡人なのである。旦那さんとは病気で死に別れたらしい。

その美しい顔立ちは、いわゆるキツネ顔の美人の特徴に当てはまる。

ややつり目ぎみの大きなアーモンドアイは、人形のようにクリッとしていて、すっきりとした奥二重の目元が可愛い。

クールでミステリアスな印象を彼女が与えるのは、その涼しげなまなざしのせいだ。

時折、ハッとさせられるほど鋭い眼をするかと思えば、穏やかで落ち着いた雰囲気の笑みを載せることもある。そのギャップがチャーミングであり魅力的なのだ。

高く筋の整った鼻は、やけに鼻腔が小さく、しゅっとした印象。

唇には、極めて上品に大人の魅力を漂わせている。ぽってりと言うほどではないけれど、程よくふっくらとしていて清楚な色気を感じさせるのだ。

さらに、シャープなフェイスラインが、知的で凛とした印象を際立《きわだ》たせている。

年齢不詳の美麗な女性民俗学者の一挙一動に、ことに男子学生の眼は釘付けとなり、その講義の内容などほとんど頭に入るはずがない。むろん、例に漏れず颯太もその代表的な一人であった。

ただ他の男子学生と颯太の違いは、准教授という肩書におよそ似つかわしくない玲香の端正な容姿への憧れが人並み以上に強かったということだろう。

少しでも彼女に近づきたい思いから、講義中はボーッと玲香を見つめていても、ラグビーと食事に費やす以外の時間は、民俗学なるものを習得しようと、必死に書籍やネットに載せられている文献を読み漁ったのだ。

「民俗学に必要なのは想像力と観察力、そして行動力の三つです。発想の豊かさにより自らの仮説を立て、その証拠を集めて立証することです。そして証明に必要なものは、現地に赴くこと。すなわちフィールドワークです」

繰り返し玲香が述べていたその真意を颯太が理解するに至ったのも、蓄積された知識がベースになったからだ。しかも、その知識さえ疑うべきものであると気づいた時、記憶型の知識を詰め込むばかりの勉学が民俗学には通じないことを悟った。

そうした努力を重ねるうち、「ここに残るつもりがあるなら……」と玲香直々《じきじき》の誘いを受けたのだった。

「どうして俺を誘ってくれたのですか？」

なけなしの勇気を振り絞り、直接玲香に尋ねたことがある。

「試験の答えは、一定のレベルに達していた。それにあんなユニークな視点を持った学生に興味を持ったの。恐らくこの子は、素直に就職をするはずもないだろうなってことも……」

玲香の言うその試験がいつのもので、どんな問題であり、どう回答したのかも覚えてはいなかったが、その彼女の答えに一応の自尊心をくすぐられた。

「それで、どうなの？」

ムダな修飾語を用いずに颯太が進めている準備の進捗《しんちょく》を玲香は訊いている。

「一応、書類は上がりましたので提出してみますが、現地調査に出ようにも年度内の研究予算はもうギリギリですよ」

研究費など玲香の行動力を拘束する術《すべ》にならないと、とうに颯太は身に沁《し》みている。それでも言わずにいられないのは、学生の身で何ゆえに颯太が予算繰りまで心配しなければならないのかと言外に訴えているのだ。

「フィールドワークの基本は……」

「はいはい。判りました。素早い調査ですよね」

即答する颯太に、やさしい笑顔が降り注ぐ。途端に彼女からシャープな印象が薄れ、上品な色香さえ漂ってくる。

「その通り。でも、まあ今日はこの辺にしよう。こんな時間でお腹も空いたでしょう？　久しぶりにカナリヤにでも寄っていこうか。慰労におごるから」

カナリヤは、駅の近くのビアバーであり、酷く美味い食事も提供してくれる店だ。

(ずるいですよ先生。そんな貌をされたら弱いに決まっている……!)

美貌である上に、人誑《ひとたら》しの一面まであるのだからたまらない。

学生たちからは、冷たい印象を持たれがちの玲香であったが、実は学生思いの温情派であることも颯太は知っている。

未亡人特有の身持ちの堅さと礼節を重んじるところがあるため、誤解されやすいのだろう。

そんな彼女が学生との距離感を踏み込んでまで、下調べのため連日遅くなっている颯太を気遣い、誘ってくれているのだ。

「はい。お供します!」

玲香とはゼミの学生数人と一緒に呑んだことはあっても、差しではじめてだ。

もし自分が仔犬か何かであれば、ぶんぶんと尻尾が振られているであろう。

突然訪れた僥倖《ぎょうこう》に、舞い上がる自分を抑えきれず颯太は、大急ぎで帰り支度《じたく》をはじめた。

3

「颯太くん？　颯太くんよね……」

肩を揺さぶられ目を覚ました。心配そうな表情で颯太の顔を覗き込む美しい面差《おもざ》し。

その美貌の持ち主は隣の部屋の住人、水沢彩音《みずさわあやね》だった。

「どうしたのこんなところで。ねえ、風邪をひくわよ。大丈夫？」

部屋の前で蹲《うずくま》っていた颯太を見兼ねて、彩音は声をかけてくれたらしい。

彼女とは隣の部屋のよしみで、世間話をするくらいの面識があった。

人懐《ひとなつ》こい性格ゆえに、いつも颯太は、ひょんなところで得をする。

「ああ、彩音さん。酒に酔って部屋の鍵をなくしたみたいで……。どうしようかと思っているうちに、そのまま寝ちゃったみたいです」

そう口にしてから鍵をなくしていることを颯太は朧ろげに思い出した。

(ああ、そうか。また酒を飲み過ぎたのか……)

懐に抱えている猫のぬいぐるみが、今回の〝お持ち帰り〟の戦利品のようだ。

ズキンと響く頭の痛みで、玲香に勧められるがままに呑んだ酒の量を推し量った。

（まさか先生に粗相《そそう》は働いていないよな……。失礼なことを口走っていなければいいけれど……）

カウンターで隣り合い、肩寄せあってビールと料理に舌鼓《したつづみ》を打つうちに、どのあたりからかまたぞろ記憶が怪しくなっている。

（あれほど自制していたはずなのに……）

颯太とてバカではない。同じ過《あやま》ちを犯さぬよう、呪文のように飲み過ぎ厳禁と頭の中で繰り返していた。にもかかわらず、呑み過ごしたのは、いつになく玲香が打ち解けた様子を見せてくれたからだ。

アルコールが入ったせいなのか、大学を離れていたせいなのかは判らないが、颯太お得意の他愛もないバカ話にもよく笑ってくれていた。そのお陰もあって、より颯太は舞い上がってしまい飲み過ぎたのだろう。

挙句、どこをどう帰ったかも判らず、唯一思い出せるのが鍵をなくした事だった。

「そのまま寝ちゃいましたって、呑気《のんき》ねぇ。もう冬なのよ……。それにしても困ったわね。この時間だと、もう管理会社の人も帰っているでしょう」

彩音に指摘《してき》され時計を確認すると、午後の十一時を回っている。少なくとも一時間以上は、こうして蹲って寝ていたらしい。どうりで腰が痛いはずだ。

「仕方がないわね。とりあえず、うちに入りなさい」

ビジネススーツを隙なく着こなしている彩音は、丁度、仕事から帰宅したところなのだろう。見かねた隣人は、苦笑いしながらも自室に招き入れてくれた。

「お邪魔します。ご迷惑をおかけしてすみません」

こんな時間に、独身の女性が部屋に上げてくれるのだから、やはり自分は強運の持ち主だ。大体、これほどの美人が隣に住んでいること自体、ついている証拠だろう。

実際、彩音の美しさは相当なものだ。

玲香がキツネ顔の麗人だとすると、彩音の方は典型的なタヌキ顔の美人といえた。

黒目がちのタレ目やぽってりとした唇など、全体的に丸みを帯びたパーツをしていて、実年齢より若々しい印象を与えるキュートな顔立ちなのだ。

大人の色気と穏やかさを滲ませた優しいまなざし。笑うとキュッと細くなる目元が最高に愛らしく、幅の広い二重とふっくらとした涙袋が、その美しさをさらに引き立たせている。

鼻はすっきりとしていながらも高からず低からず。小鼻は、それで十分に空気が吸えるのか心配になるほどに小さい。

容《かたち》のよい色気のある唇は、ふっくらとボリューミーで、思わず口づけしたくなるほどに魅力的。キュッと上がった口角も女性らしい甘さを添えている。

愛嬌《あいきょう》があり、上品でふんわりとしたやわらかな癒し系の雰囲気を纏《まと》っていながら、ドキッとさせるような大人の色気も兼ね備えているから最強だ。

二十代後半と思しき気さくな微熟女は、まさしく隣の綺麗なお姉さんそのものなのだ。

「独身ＯＬのひとり暮らしの部屋なんてこんなものよ」

同じ部屋の間取りながら物珍しさもあって、きょろきょろと部屋を見回している颯太に、それと気づいた彩音がそんな言葉を投げかけてくる。

慌てて視線を彼女に向けるが、部屋に充満する彼女の甘い匂いに颯太は、つい悩ましい気持ちにさせられる。

「適当にその辺に座っていて。私、ちょっと着替えてくるから……」

そう言い残し、奥の寝室に彩音がその姿を消した。

着替えと聞いて、颯太の胸が妖しくざわめく。

「忙しくて、あまり掃除もできていないの。散らかっていて恥ずかしいわ……」

閉ざされた引き戸の向こう側から、やわらかな声が掛けられる。

むろん、それは謙遜《けんそん》であり、隅々まで掃除が行き届いている。

いつも帰りは遅いようで、忙しいのは本当だろうが、清潔《せいけつ》な上にきちんと整理整頓《せいとん》もされているから、几帳面《きちょうめん》な性格なのは明白だ。

「そ、そんなことありません。俺の部屋なんかより数段片付いていて……。それにすごくいい匂いがします」

壁一枚隔《へだ》てた向こう側で、彩音が着替えていると想像するだけで、颯太の胸の鼓動は高鳴っていく。

部屋に充満する甘い匂いが、彩音が纏う体臭と同質のものと気がつき、余計に颯太は落ち着かない。

「あら。他人の部屋の匂いなんて口にしちゃダメよ。たとえそれがいい匂いでも失礼になるかもしれないでしょう」

「あっ！　すみません。あんまりいい匂いだからつい……」

素直に謝る颯太に、向こう側で彩音がクスクス笑っているのが判る。

ふいに、スッと扉が開かれ、より隣の綺麗なお姉さん然とした微熟女が姿を現した。

「うふふ。こんな格好でごめんね。部屋では、くつろぎたいから、いつもこんななの……」

微かに恥じらいの表情を浮かべながらも、大胆な部屋着にその身を包んでいる。

つるつるとしたサテン素材のトップスとボトムスを身に着け、その上にナイトガウンを羽織っているのだ。

三点全てが同じテロテロ素材でできていて、悩ましいボディラインにまとわりついている。

大人っぽいシャンパンカラーの色合いも相まって、つい先ほどまでの凛としたスーツ姿とは大きなギャップを見せつけてくる。

しかもトップスはキャミソールである上に、襟ぐりが大きく開いて、豊かな胸元が今にも零れ落ちそうなのだ。

「うわぁっ、彩音さんセクシー!!　あっ、いえ……。く、くつろいじゃってください。彩音さんの部屋なのですから、ラクな格好で全然問題ないです。俺のことはお構いなく……」

颯太の言葉に、微熟女が大人の余裕でやわらかく微笑む。

彼女ににっこりされると、こっちもふわ～っと力が抜けるような、癒しのパワーがを受ける。

（にしても、まさか、こうもガードが緩いなんて……。誘われている？　いやいや、自分の部屋なのだから楽な格好をするのは当然か……）

どちらかと言えば、彩音が会社の行き帰りのタイミングで出くわすことが多いため彼女の私服姿の記憶がほとんどない。

レディーススーツも彩音の凛とした印象に似合うが、こうしてナイトウエア姿の彼女を目の前にすると、そのおんならしい魅力を半減させていたのだということに気がつく。

肌の露出《ろしゅつ》はそこそこであるものの、ゆるっとした素材が女体にまとわりつくから、むしろその優美なラインが悩ましく知れるのだ。

（不覚。彩音さんが、こんなにナイスバディの持ち主だったとは知らなかった……）

着やせするたちなのか、見た目には華奢《きゃしゃ》でスレンダーな印象ばかりで気づかなかったが、実は胸が大きくてグラマラスな体型をしている。否《いな》、そんな生易《なまやさ》しい表現では追いつかないほどの最高級ボディなのだ。

豊満なバストとキュッとくびれたウエスト、ボリュームのあるヒップは、日本人ではなかなか見かけない。腰高に脚がびっくりするくらい長く、本当にスタイルがいい。

全体的にムチムチと男好きのする肉付きをしている。それでいて普通に細いのだから最強にもほどがある。

「なによぉ。二十八にもなるアラサーおんなのカラダになんて興味ないでしょう？

それとも少しはドキッとしてくれた？　うふふ。その赤い顔。照れちゃって。颯太くんってカワイイ！」

終始、彩音のペースに、颯太は曖昧《あいまい》に笑ったまま適当に頷くばかり。玲香といい彩音といい颯太は年上の女性に翻弄されてばかりだ。

かと言って女難の相というほど大袈裟《おおげさ》なものでもないし、第一、翻弄されることをどこかで颯太は愉しんでいる。

（ヘエ、彩音さんって二十八歳なんだ。もっと若く見える気もするし、大人っぽくもあるし。カワイイのに、色っぽい……！）

つるんとしたショートボブが似合う丸みのある美しい輪郭が、年齢を感じさせない可愛らしさを生む秘訣かもしれない。

「さて、颯太くん。秋の夜は長いわよ。私と何をしたい？」

大きなまん丸い眼が悪戯《いたずら》っぽく煌《きら》めいている。じっとこちらの様子を確かめるように見つめている顔がとてつもなく大人カワイイ。圧倒的な魅力に追い詰められ颯太は、何をどう応えていいのかも判らずに息を詰めていると、いかにも堪えきれずといった感じで、クスクスと彩音が笑い出した。

「うそうそ。冗談よ。大丈夫、捕って食べりしないから安心して」

何となくからかわれているのであろうことは判っていたが、もしかしてとの一縷《いちる》の期待もあっただけに、その愉しげな笑いが颯太には少しばかり恨めしい。

とはいうものの、そこは天性の大らかさもあり、彩音のこんな愉しげな笑顔を見られたのだから、よしとしようと思えてしまうのが颯太の性格だ。

「いやあ、そうですよね。あぁ、あぶねえ。彩音さんとエッチしたいって、本気でお願いしちゃうところでした」

多少の動揺が残されていたのだろう。颯太は、思わず本音を口走った。願望がそのまま口と直結してしまい理性のフィルターが通らなかったのだ。

「あっ！　いや、今のなし……。彩音さんがあまりに色っぽいから、動揺しているのです。変なことを口走って、ごめんなさい」

真摯《しんし》に謝る颯太に、彩音が美貌を左右に振る。

「ううん。私も悪かったわ。颯太くんがカワイイから、ついからかったりして……。ねえ。呑もうか。実は、今日は私も少し呑んできたの。呑みなおしたいから、颯太くんつきあってよ」

彩音からの誘いに、素直に颯太も頷いた。

溢れんばかりの大人の色気を纏う微熟女が、酒の肴《さかな》なのだからうまい酒にならないわけがない。

いそいそと冷蔵庫から彩音が缶ビールを運んでくる。

「颯太くん。ごめんね、こんなに小さなビアタンしかなくって……。呑み過ごしたりしないように買い揃えたものなの。颯太くんには小さすぎるでしょう？」

謝りながら手渡されたビール用のタンブラーに琥珀《こはく》色の液体が注がれていく。

酒に弱くはあっても、嫌いなわけではない。彩音にからかわれ、酷く喉も渇いている。

「では……」の言葉を合図に、ふたつのビアタンを軽く触れ合わせ、口に運んだ。

苦みと酸味、キレのある液体がシュワッと喉を潤すと、カァッと胃の腑が熱を孕《はら》む。

あまりの旨さに、中の液体を一気に呑み干した。

「うふふ。お見事！　いい呑みっぷりね。見ていて気持ちがいいわぁ」

小さなタンブラーだからそれほどの量は入っていないにしても、またぞろ酔い潰れるわけにもいかずセーブするつもりでいる。

けれど、あまりに彩音が上手に誉めそやすのと、その艶めかしい肢体に気を取られ、いつしか呑み過ごしていた。

4

夜中にバチンと目が覚めた。

（ヤバっ！　またやったか……？）

またしても酔い潰れてしまったのだろう。颯太は見知らぬベッドの上にいた。しかも、隣には彩音が添い寝するようにして肢体を投げ出している。

窓から差し込む満月の光が、その飛び切りの美貌を妖艶に照らしていた。

「あん。ごめんね。起こしちゃったね？　でも、このおち×ちんが辛そうだったから……」

言われて下腹部から妖しいざわめきが沸き立っていることに気がついた。驚いたことに颯太の勃起に微熟女の手指が巻き付いている。

いつの間にか颯太は真っ裸で、辛うじて彩音はカラダにタオルケットを巻き付けているものの、デコルテや滑《すべ》やかな美肌を露《あら》わにしていた。

「颯太くん、もう一回して欲しいな……。彩音をもう一度イカせて……？」

甘く囁く彩音に、またしても意識のないうちに彼女と関係を結んでしまったらしいと悟った。

（お、俺、彩音さんとしちゃったんだ……！）

慌てる颯太にまるで気がつかない様子で、微熟女の手扱《てしご》きは熱心さを増す。

「あ、彩音さん。よかったのですか？　俺なんかとこんな関係になって……」

「あら、颯太くんは私としたこと、後悔しているの？」

美しい表情がわずかに曇る。その癖、ガラス細工のような繊細な手指は、颯太の分身から離れていこうとはしない。

「そうよね。八つも年上の私とでは満足できないわよね？」

間近にある彩音の美貌にどぎまぎしながら、颯太は慌てて言い訳をした。

「いえ。そんなことはありません。月並みな表現だけど、彩音さんは物凄く綺麗で、大人っぽいのに可愛い感じもあって……。かえって俺の方が、相手にしてもらえなさそうで……」

「あら、そんなことないわよ。私、年下の男の子、好きだもの……。でも、会社では一応、キャリアウーマンしてるから部下とかに手出しもできないでしょう？」

言いながら白い繊細な指が、さらに熱心さを帯びて颯太の分身を弄ぶ。その気持ちよさと、少し冷やりとした体温に獣欲が沸騰《ふっとう》させられる。

「それとも、彼女さんに気兼ねしているのかしら……。一度きりでもいけないことなのに、これ以上、颯太くんを誘惑するのはダメよね」

彩音には佳純の存在が筒抜けだった。どうやらアパートの薄い壁のせいで、プライバシーはそこそこにしか守られていないようだ。

「颯太くんの彼女、いつもとっても気持ちがよさそうで羨ましかったの。お陰で、こっちは欲求不満よ。その責任をもっと取ってもらわなくちゃ」

小悪魔のような表情で、くりくりとした瞳を妖しく光らせている。

「ああ……すごいわ。反り返って……」

血管を浮かせた剛直の触り心地に、艶媚女がこくんと喉を鳴らしている。

「ふふ……エッチな眺め」

優しい目が、今は潤んでいる。彼女の黒目を拡大したら、勃起肉が映っているはずだ。朱唇を舐める舌が唾液で光っている。

「先っぽから涎《よだれ》が垂れてる。颯太くん、すぐにこんなになるなんて、溜まっていたのかしら？」

彼女である佳純とは、月に数回会える程度なのだ。やりたい盛りにある颯太だけに、すぐに溜まってしまうのはやむを得ない。そんな男の生理を彩音は熟知しているのだろう。

「私でよければ、いつでも好きなだけ射精させてあげるのに……」

そうつぶやいた彩音が手を伸ばし、愛おしげに亀頭を撫でてくる。

びりりぃっと愉悦の電気が背筋に走った。

微熟女のやわらかな手が穂先に触れただけで、強烈な官能が颯太を痺れさせる。

「おほぉぉっ、き、気持ちいいですっ！」

にちゃっ、にちゅぅっと、透明な先走り汁まみれの先端を撫でられ、情けなく腰が浮いてしまう。

「ぐふうぅぅ、ち、ち×ぽが彩音さんに可愛がられてるっ！」

颯太は我が身に舞い降りた僥倖《ぎょうこう》が信じられず、確認みたいに叫んでしまった。

「久しぶりなの。男性の……元気なところに触れるなんて。仕事にばかりかまけていたから……。どうすれば気持ちよくなるのか遠慮なく言ってね」

トロトロの先走り汁でぬらついた右手が肉軸をやわらかく握る。

「うおっ……おおぉうっ」

様子を見るように徐々に力が込められていく。ついにぎゅっと握られて、とぷっ、とぷっと射精したかのように多量のカウパーが漏れ出てしまう。

彩音はさらに左手を亀頭に被せてきた。

やさしく亀頭を撫でられながら、右手で肉茎をしごかれる。

「ああ……やっぱり逞《たくま》しい。さっきもこの硬さと大きさに、私のあそこが蕩けてしまったの。理性まで溶かされてしまったみたい……」

その口ぶりでは、よほど男根に接していなかったらしい。男女平等の社会など、まだまだお題目に過ぎないこの国で、キャリアウーマンとして生き抜くには、色恋などしている暇などないのかもしれない。

アスリートの佳純にしても、准教授の玲香であっても、同じように謂《いわ》れのない生き難《にく》さを抱えているのだろう。

「恥ずかしいわ。いつの間にかこんなにも欲求不満を抱えていたなんて。浅ましいわね……」

自嘲するようにつぶやく彩音。けれど、その欲求不満こそが自身の美しさを高めていることを彼女は承知しているだろうか。

実は、欲求不満には、おんなを美しくするメカニズムが隠されているのだ。

欲求不満が高まるとおんなも男のように、いろんなことを妄想する。エッチな期待が高まったり、セックスする自分を想像したりする。それが脳の刺激となり、セックスをするのと同様に女性ホルモンが分泌される。その女性ホルモンが肌をきれいにしたり、代謝を高めたりしておんなを美しくする。

さらには、欲求不満になるとおんなとして見られることを意識するため、いっそういう関係になってもいいように、おんなとしての自分を見つめ直すものらしい。

どこで得た知識であったかは覚えていないが、恐らくそれは事実なのだろうと颯太は思っている。

いずれにしても凛としたキャリアウーマンの仮面の下に、ひた隠しにしていた己の欲求不満を解放して颯太の分身を弄ぶ彩音の姿は、どこまでも淫靡であり、凄まじいまでにエロ美しい。

「お、俺は、ぐふぅぅ……む、むしろ彩音さんとこういう関係になれて光栄です。で、でも本当に俺なんかでよかったのですか？　……おうぅぅっ……彩音さんほどの美人なら、俺なんかより数段上の大人の男が言い寄ってくるのでは？　おおぉっ！」

颯太が口を開く間も艶媚女の指が、淫らに肉柱をしごき続ける。その手練手管は、佳純よりも数段上で、颯太などいとも容易《たやす》く翻弄していく。

「あん……びくって跳ねたわ。若いからとってても敏感なのね」

手筒を先走りで濡らし、ちゅくちゅくとしごかれる。

「颯太くんは、自分で思っているよりよほど魅力的よ。こんなふうにいっぱい可愛がってあげたくなっちゃうくらい……。こう見えて私、男を見る目はあるつもりよ。そうねぇ、ひとことで言えば颯太くんって、見ていて気分のいい男ね」

彩音からの意外な人物評に、快楽に囚われかけていた颯太の頭が少しクリアになる。

「颯太くんって、いい顔で笑うのよね。とっても大らかで、器の大きさを感じるわ……。おんなはね、自分を守ってくれる強い男とか大人の男とかに惹かれるけれど、未完の大器にも惹かれるものなのよ。この人の器を私が磨《みが》いて本物にしたいと思うの。まさしく颯太くんは、未完の大器。おんなの柔肌にもっと磨かれなくちゃ……」

思いもかけない彩音の申し出に、颯太は心を躍らせた。男を磨くのに、おんなの肌が必要などとは考えたこともなかったが、どこかすとんと腑に落ちた。

俗に、おんなの一生は、男に左右されると言われるが、男だっておんなに命運を左右されるものだ。かつて颯太に年上好きの属性を与えた人妻が、その好例だろう。

良きにつけ悪しきにつけ、結局、どういう異性と関わるかで、先に影響が出るのは男もおんなも同じと言うことか。

「だから私に颯太くんを磨かせて欲しいの……。私が見込んだ大器だから……。もう一段本物の男にしてあげるわ。だから、ほら、我慢しないで。私に任せて。素直に甘えていいのよ」

甘く囁きながら彩音の手淫が、さらに熱心さを帯びていく。ただ上下に動かすだけではない。ろくろで陶器を作るみたいに、ひねりながら優しく握られ、にちゃっ、にちゃっと先走りを泡立てる。

右手で肉軸をしごくと同時に、潤滑液でぬらついた左の掌が亀頭をしゅり、しゅりと撫でる。

二本の手だけで与えられる拷問のような快感だ。

すかさず彩音のぽってりとした朱唇が、颯太の小さな乳首を啄《ついば》んでくる。女体で圧《の》し掛《か》かるようにして、そのマシュマロのような肉感まで味わわせてくれる。

おんなそのものを駆使した微熟女の奉仕に、一気に颯太の官能が追い詰められた。

「はううぅ、ぐわぁぁぁ、おぉぉ、で、射精《で》ちゃうっ、射精《で》ちゃいますよぉ〜っ！」

颯太は情けない声で呻いた。ベッドのクッションで、腰が上下に激しく揺れる。

「そうよ。射精《だ》して。いつでも……好きなように」

普段よりも一オクターブ低くされた彩音の艶やかな声がとどめになった。

肉茎の芯が痙攣し、下腹の底から熱い劣情の汁が、どどどっと遡上《そじょう》する。頭の中で、理性が焼き切れる音がした。

「は……はあああっ……イク、イクぅ……射精《で》るぅっ！」

にちゃ、にちゃと握られた牡肉が脈動し、どくんと白濁を噴射させた。

「ぐおおおおぉ……っ！　い、今までで、いちばん気持ちいい射精ですっ！」

亀頭を包んでいた艶媚女の手に、夥しい濃厚シロップをぶちまける。

「熱い。濃いわ……ああ、なんてたくさん出るの。さっき私のアソコに射精《だ》したばかりなのに……」

伏せられた掌から、たらたらと精液が伝い、白いシーツを汚す。

「く……ああっ、彩音さん……好きです！」

単細胞と言われようと、無節操と呼ばれようとも、美しくも淫らに颯太を弄ぶ微熟女を好きにならずにいられない。

「うふふ。颯太くんったら、嬉しいわ」

美しいキャリアウーマンの寝室に、青臭い牡の匂いが広がっていく。

汗ばむ彩音の肌の甘い匂いに、颯太は劣情をまたぞろ刺激され、萎《な》えるはずの肉柱が逆にメリメリと音を立てて、その質量を増大させた。

5

「ウソぉ……。颯太くんって底なしなのね。こんなに元気なおち×ちん、見たことないわ！」

大きな眼をまん丸にして驚く彩音が酷く大人カワイイ。しかも、淫らな期待に色白の頬を紅潮させているのが何とも艶めかしく、そのオーラだけでそそられる。

「だって、彩音さんの肌から甘くエッチな香りが……。ピンクに染まった貌もエロくて……。俺、彩音さんみたいな大人の女性が好みだから、彩音さんとセックスできると想像するだけで俺もう！」

興奮の面持ちで訴える若牡に、やわらかな微笑が注がれる。キュートなえくぼの出現に、またしても颯太のハートがキュンとした。

「あら私たち、もうしちゃったじゃない。うふふ。おかしな颯太くん。でも、うれしい。おち×ちん、この状態ならまだできるわね。ねえ、今度はどんなふうにしたいの？」

コケティッシュに微笑みながら彩音の美貌が、不意にこちらに近づいてチュッと唇を掠め取られた。頭がクラクラするほど逆上《のぼ》せてしまうのは、微熟女の掌に転がされている証しだろう。

けれど、彩音はどこまでも甘やかしてくれるので、男のメンツやプライドを傷つけられることはない。まるで、ねっとり蜜づけの子宮の中に包まれているような安心感と癒しを与えてくれるのだ。

「お姉さんぶっている彩音さんが乱れる姿が見たいです。恥ずかしくて仕方がない恰好でイキまくる姿とか……」

甘さだけではなく、カッコよさも滲ませる艶媚女が、あられもなく官能に身悶える表情を想像するだけで、鈴口から多量の先走り汁が噴き出すのを禁じ得ない。

「イキまくる姿だなんて……。でも、いいわ。はしたなく乱れるところ、特別に見せてあげる。その代わり引いたりしないでね。最近、私、性欲が強まっているから、本当に淫らよ……。それで、どうすればいいのかしら？」

冗談めかして艶冶《えんや》に笑う彩音。けれど、その瞳は妖しく濡れるばかりで、笑っていない。その全身からも、ゾクリとするほどの色香を漂わせている。思わず颯太は、ごくりと生唾を呑んだ。

「お、俺の上に跨って、いやらしく腰をくねらせるとかってどうです？」

またしても美貌が近づいて、颯太と唇を合わせる。今度は、先ほどよりも長く。そのふっくらとボリューミーな唇の感触を味わわせてくれた。

ゆっくりと離れていく艶貌をうっとりと眺める。美人と可愛いを奇跡的なバランスで共存させた顔立ちが甘く蕩けている。

「そう。それがお目当てなのね。じゃあ、今度は、私が上になるわね」

色っぽく囁く彩音に耳朶《みみたぶ》をかぷりと甘噛みされてから、首筋や胸元、乳首にまで朱唇が押し当てられる。仰向《あおむ》けの颯太の上に覆いかぶさるようにしてカラダ中をぽってりとした感触で啄《ついば》んでいく。

「重くないわよね？」

匂い立つような恥じらいを浮かべ、はにかむように彩音が微笑む。

「重くなんてありません！　ああ、それよりも早く！」

射精したばかりだというのに、分身は痛いほど疼いている。

急《せ》かす颯太に微熟女は頷くと、上体を折り曲げて小さな頭部を肉柱へと近づけてくる。

「あわてなくても、すぐに……」

ついには勃起した分身に、彩音が口づけをしてくれた。

「うあぁぁっ！　あ、彩音さん」

口腔にたっぷりと溜められた唾液が颯太の夥しい我慢汁とミックスされ、ヌルヌルの被膜となって肉柱にまぶされる。

「フフ、そんなエッチな目で男の人に見つめられるの、何年ぶりかしら」

場慣れした雰囲気を醸しだしつつも、どこか照れ臭そうに彩音が微笑む。颯太の太ももの上に跨るようにして上体を起こした微熟女は、自らのデコルテに手を運び、カラダに巻き付けたタオルケットの布の端を解いた。

ゆっくりとタオル地が左右に開かれていくのを颯太は息を詰めて見守る。

現れ出たのは、滑らかな絹肌に包まれたマシュマロボディ。しかも、その胸元は空気に触れた途端──ブルルルンッ！

「あん、いやん……うふふ」

「うわああ……」

解放された豊満な乳房が、楽になったとばかりに飛びだした。

妖華を漂わせ身をよじる微熟女の胸元で、二つの豊かな丸みが焼きすぎた餅のような威容を露わにした。

颯太が推しているFカップのグラビアアイドルのバストに匹敵するどころか、さらに一回り大きいように思える。

ことによるとメーター超え、少なくとも九十五、六センチはあるだろう見事な巨乳。ブラジャーのサイズで言えばGカップぐらいだろうか。

その豊満なバストからキュッとくびれていくウエストのラインがまたすっきりと美しい。婀娜《あだ》っぽい腰部は、どっしりとボリューミーでありながら、経産婦のそれとはまた違った瑞々しさも残されている。

いわゆる男好きのするグラマラスなボンキュッボンの最高級ボディ。奇跡のような曲線美を生で目にした颯太は、ただ呆《ほう》けたように視線が釘付けにした。

「あ、彩音さん、きれい！　ウエストなんてこんなに細いのに、お尻はどエロく大きいし……。それに、おっぱいの凄さったらヤバすぎです！」

締めつけから解放された乳房は、さすがにその重量に負け、ハの字に流れ、絶え間なく乳肌にさざ波を立てている。乳首も乳輪も、黄色味がかったキャラメル色をしている。

その中央で小さ過ぎず大き過ぎずの乳頭が、恥じらうような素振りで咲いている。それも旬真っ盛りのサクランボのように、すでにぷっくりと痼《しこ》りきっているのだ。

「もう！　さっき散々、この乳房にむしゃぶりついていたじゃない。今さら恥ずかしいこと言わないで……。触りたいのなら、ほら直接触って。舐めたり吸ったり、好きにしていいわよ」

恥ずかしそうに身を捩《よじ》りながらも彩音は自ら乳房をせり上げ、若牡を挑発するようにやわらかそうな膨らみを無限に変形させてみせる。

勃起乳首をあちらへこちらへと向けながらひしゃげる乳房に、颯太は無性に劣情を煽られた。

一般に、巨乳であればあるほど、アンバランスな印象を否《いな》めない。美しさの黄金比率から外れてしまうからだ。けれど、彩音の乳房は、官能美に溢れる上に、神々しささえ感じさせる奇跡のふくらみなのだ。

「うう、た、たまりません！」

仰向けのまま腕を伸ばし、まるで童貞の少年がそうするような手つきで、魅惑の肉実を荒々しく鷲摑みにした。

「アアン……ンフフ」

二つの熱い塊に、苦もなく指がぬぷぬぷと沈む。

「うわ、や、やわらかい。凄い！」

「そうよ。私のおっぱい、やわらかいでしょう。さあ、もっと揉んでみて。乳首にもおいたしていいのよ？」

「ああ、彩音さん！」

年上のおんなの魅力たっぷりに促してくれる微熟女に、颯太は夢中でその肉房を揉んだ。

その感触たるや、焼く前のパン生地さながら。あるいは、ホイップクリームをいっぱいに詰め込んだ絞り袋の如きやわらかさと弾力で、颯太の指を包みんでは押し返し、自在に変形して乳首の向きを変えていく。

「おわあぁっ。す、凄いです。おっぱいに触っているだけで、こんなに興奮するなんて。過去一で凄いおっぱいかも……おおおぉっ！」

完熟には少し早い印象ながら熟れ頃であるからこそ、乳腺よりも脂肪が勝ることを颯太は思いだした。つまり、このやわらかさの正体は大きなおっぱいに高密度で内包されたとろとろの遊離脂肪の賜物《たまもの》なのだ。

しかも、このビンビンに勃起した乳首のいやらしさは、どう言い現わせばいいのかも思い浮かばないほどだ。

「揉んでいるだけでいいの？　おっぱいに口づけしたり乳首を吸ってみたりしたいのでしょう？」

的確に颯太の欲求を察してくれる彩音が、そのカラダを折り曲げて、魅惑の肉房を若牡の顔近くまで運んでくれる。

鼻先でふわりと漂う匂いは、甘く切ないバニラの香り。恐らくは、彩音が用いるシャンプーかフレグランスの匂いであろうが、それがミルクを連想させ颯太をより悩ましい気持ちにさせていく。

「あ、彩音さぁぁ〜ん！」

堪《こら》えきれず、誘われるまま片房にむしゃぶりついた。

タコのように唇を捲《めく》れさせ下乳に吸いつくと、ふわんとした風合いはマシュマロのよう。しかも、その滑らかさはコールドクリームでも塗ってあるかの如くだ。

「はぅん……ふぅぅぅっ」

愛らしい小鼻から漏れた慎ましやかなウィスパーボイス。奔放に振舞って見せても本来の彩音は、身持ちの堅いおんななのかもしれない。

男に素肌を晒したのは久方ぶりと打ち明けてくれたのが、何よりの証拠だろう。

吸いつけた唇をちゅぱっと引っ張っては、また吸いつくのを繰り返す。けれど、キャリアウーマンの絹肌にキスマークなど残しては、その評判を傷つけかねない。あくまでもやさしく唇粘膜を押し付けては軽く吸い、くすぐるかのようにあやしていく。

「むふぅっ……うっくぅぅん……うふふ。くすぐったいわ」

首をすくませてくすぐったがる艶媚女。颯太の方も、軽く戯《ざ》れるような吸いつけでは物足りず、その唇を乳頭に覆い被せて本格的に吸いつけた。

いくら可憐な乳首であっても、ここであればキスマークは付かない。心置きなく吸い付いては、レロレロと舌先で乳頭を転がした。

「あはぁ。ああん、颯太くんったら、エッチな吸い方。そんなにいやらしい音を立てて吸っちゃいやぁ……あはあぁぁぁっ」

ぶちゅっ、ぢゅるるる、ぢゅちゅっ、ちゅばばばっと、腹を空《す》かせた赤子のような性急さで微熟女の乳首を吸啜《きゅうてつ》する。

わざと淫らな吸い音を響かせると、彩音はそのくびれをキュッと捻《ひね》らせて悩ましく身悶える。耳に心地いいよがり声も聴かせてくれた。

「いいわ。颯太くんは、そのまま好きに吸ったり、舐めたりしていて……。私はおち×ちんを咥えちゃうわね！」

咥えちゃうと聞き、颯太の頭に真っ先に浮かんだのはフェラチオだった。けれど彩音はさらに大胆で、若牡に乳房を吸わせたまま、すっかり昂ぶり切った肉塊を後ろ手に摑み取り、クネクネと自らの腰位置を調節させたのだ。

「く、咥えちゃうって、おま×こでってこと……？　おわわわっ、ぷにっとやわらかい物体が先っぽにまとわりついたぁ！」

吸い付いていた乳首を吐き出してしまうほどの気色のよさに、颯太は目を白黒させる。年上に対する丁寧な言葉遣いも忘れさせるほどの愉悦だった。

ずいっと女体全体がその位置を下げると、切っ先と濡れ粘膜の密着する面積がさらに大きくなる。

「もう！　恥ずかしいから静かに……。お隣にまで聞こえてしまいそう」

女性らしい彩音の気兼ね。アパートの薄い壁を気にしているらしい。

「だ、だって彩音さんのまん肉、気色よすぎて」

「だから、そんなに大きな声で、いやらしいことを言わないの……。黙っていられないのなら、また私の乳首を吸っていて」

まるでおしゃぶりでも与えるような所作で、媚巨乳が颯太の貌全体を覆う。

その間も、ぬちゅっ、みちゅっと、亀頭部表面を女性器粘膜が擦り滑る。蜜液をたっぷりとまぶされているのだと判っていても、とてもじっとなどしていられない気持ちよさだ。

「それじゃあ、挿入《い》れるわね！」

宣言してからも艶媚女が一呼吸置いたのは、颯太の巨根を迎え入れる心の準備か。柔軟に容《かたち》を変える肉房にまみれながら、若牡はその瞬間を心待ちにした。

永遠とも思われる空白が破られると、上下動されていた美尻が、肉柱に対して垂直方向に動いた。

「ううっ！」

朱唇から短い喘ぎが漏れ出すと同時に、ぬぷっと亀頭部が縦渠《たてみぞ》に嵌まる。

間髪を入れずに、牡性器が凄まじい快楽を伝えてくる。

わずか肉エラが咥え込まれただけだと言うのに、颯太の全身にサブいぼが立ち、ジンジンと悦電流が背骨を通り脳髄にまで到達する。

「あ、ああっ……。そ、颯太くんが挿入《はい》ってくる、あ、ああっ……。熱いわ、凄くて熱いおち×ちんで、私のおま×こは、あ、ああっ……」

頬を紅潮させた彩音が、たちまち喘ぐ。あれほど憚《はばか》っていたはずなのに、早くもその余裕が失われている。その卑猥な声色に、うねくる女陰の中で、分身を激しく脈動させた。

「おわあああぁっ！」

大げさなまでに情けない喘ぎを颯太もあげてしまった。それも当然のえげつない快楽なのだ。

しかも、そのとてつもない官能はこれで終わりではない。颯太の体を覆う女体は、ゆっくりと下方へ移動して、限界まで勃起した肉塊をゆっくりと呑み込んでいくのだ。

「あはぁっ。やっぱり凄い！　颯太くんのおち×ちん、なんて大きいの……。こんなに凄いおち×ちんが挿入《はい》ってくるのはじめてよ。あっ、あぁん……っ」

艶めいた喘ぎを漏らしながら牝孔がミリ単位で肉棹を呑み込んでいく。

「ああん、まだこれでも半ばほどなの……？　うぅん、あっ、ああ、擦れて気持ちいい〜〜っ！」

悩ましい艶腰が、颯太の全てを呑みこみたいとばかりに、ぐぐっと押し付けられる。さらに、彩音が蜂腰を揺らすようにして、自らの花びらを左右に割り開き、巨大な質量を迎え挿入《い》れてくれる。

ゆったりとした合一に、たまらずに颯太も腰を突きだし、隆々とそそり勃った肉棒を蜜壺に埋めていく。

「あぁ……は、挿入《はい》っ……て……くる……あはぁぁぁ〜〜っ！」

よほど気持がいいのだろう。挿入しただけで、彩音は乳首をつんと硬くさせている。汗にまみれ艶光して、艶めかしいことこの上ない。

肉柱の三分の二ほどを咥え込んだ微熟女が、何を思ったかゆっくりと上体を持ち上げる。まさしく騎乗位の体勢を取ると、思い切ったように腰を落とし、肉棒を根元まで呑み込んでくれるのだ。

「はあああああああぁぁんっ……。あぁ、凄いわ……凄すぎちゃうぅぅ～～っ！」

さらに彩音の声が湿り気を帯び、颯太の耳さえ勃起させる。

艶めいているのは、その声ばかりではない。女陰そのものが艶気を含んでいた。

蛇腹状のつづれ折りが、複雑にうねって肉えらに擦り付けてくるのだ。

その肉厚のふっくらとした膣壁には、無数の肉襞が密生して、侵入した牡肉《おすにく》にみっしりとまとわりついてくる。しかも、柔軟で奥深いため、颯太の怒張でさえ付け根までずっぽりと咥え込んでくれるのだ。

「あ、彩音さんのおま×こも凄すぎです。奥の方がキュッと窄まってエラ首を締めつけて……おわあぁぁっ、付け根もグイグイ締められています！」

驚いたことにその締め付けは、彩音の意志の元に自在になるらしく、むぎゅーっと肉幹を抱きすくめるように窄まったかと思うと、根元部分だけがギュギュッと締まったりもする。

上品でふわっとした雰囲気を滲ませていた艶媚女が、娼婦の如き手練手管で颯太を熱くもてなしてくれるのだ。

「ううう、んんっ、ようやく全部挿入《はい》ったわね……。さっきよりは、辛くはないけど……。やっぱり内側から拡げられて切ないわ……。あぁ、いっぱいよ。彩音のおま×こがいっぱいなの」

逞しい太さに膣壁を目いっぱい拡張され、切なそうに彩音が息を吐いた。

今夜二度目ではあっても、久方ぶりの男根に女陰が驚いているらしい。その癖、長らく眠らされていた官能がさんざめくのか、純ピンクに女体を染め上げている。つんと尖りを帯びた乳首が汗まみれに艶光りして、艶めかしいことこの上ない。

「ああ、この充溢感《じゅういっかん》……。うふふ。こんなに若い男の子が、私の膣中にいるのね」

彩音が手を伸ばして結合部を確かめている。

淫裂が内側から捲《めく》れ上がり、肉幹のぶっ刺さる周囲の肉が盛り上がっている。まぎれもなく、微熟女の胎内には、颯太の牡性器が潜りこんでいるのだ。

6

「うわあ。おま×こがパツパツに口を拡げて、俺のち×ぽを生々しく咥え込んでいます……。ちょっと痛々しい感じがするのは、彩音さんはおま×こまでが美人だからなのでしょうね。なんか清楚な花びらって感じで……」

颯太は亀のように首を伸ばし、頭を持ち上げて、互いの結合部を覗き込んでいる。その言葉通り、凶暴な牡のシンボルが、可憐な花苑を踏み散らかしているような印象だ。

恥毛は少女のように淡く、M字開脚の中央で息吹く女陰は、ぷっくりした大陰唇の中央に、小陰唇がそっと清楚に咲いているかのよう。

「もうっ！　颯太くんのエッチぃ……。そんなところ覗かないで」

「でも、どんなふうに彩音さんに咥えられているのか、どうしても見たくて」

颯太に浴びせられた言葉に羞恥心を刺激されたか、肉棒を呑み込んだまま照れくさそうにヒップがくねり、それに連動するように小陰唇がわずかに、パクパクと開閉した。

「うおっ！　おま×こが蠢いた。ち×ぽをくすぐるみたいに……。おほぉっ、こ、今度は啄まれた。ああ、なんていいんだっ！」

「ねえ、颯太くんっ、彩音のおま×こ、本当に気持ちいい？　若い女性には敵わないわよね……」

彩音の念頭には、佳純の存在があるのだろう。だからこそ、およそ彼女には似つかわしくない言葉を吐かせるのだ。しかも、他の女性への対抗心が、愛液の分泌までも促進させ、肉襞を妖しく蠕動させている。

「そんなことありません。最高です。とってもきつくて……。なのに、柔軟性があって……。トロトロの襞が絡みついてきます。これも彩音さんが？」

「ち、違うの……。か、カラダが勝手に反応して……ああ、私、もうっ」

暫《しばら》くの間放置されていた牝孔が、颯太の熱さと質量に驚いて締め付けているのだろうか。そしてその蠕動は、彩音自身もあずかり知らぬうちに、媚肉が熟成した証しなのだろう。

まるでゼリーを塗りつけたビロードに肉柱を磨かれているような、にゅるにゅるっと短い触手に舐めまわされているような、甘く狂おしい愉悦を味わわせてくれるのだ。その途方もない快楽に、勃起肉が根元から全て蕩け堕ちそうだ。

もうすでに二度も吐精しているはずなのに、少しでも油断すると早射ちさせられてしまいそうな極上媚肉なのだ。

「ぐわぁあっ。や、やばいです彩音さんのおま×こ。本当に気持ちよすぎて……！」

喜悦を叫ぶ颯太に、嫣然《えんぜん》とした微笑が彩音の唇に浮かぶ。けれど彼女の方も、余裕などなさそうなのは明白だ。すっかり肉竿を咥え込んだ艶臀が震えている。押し寄せる喜悦に、きゅっと淫らな収縮が留まるところを知らない。

「ううっ、す、すごいのっ。私もこんなSEXしたことない……」

もはや羞恥などかなぐり捨てて、豊麗《ほうれい》な女体を小刻みに震わせている。

多量に吹き零した愛液が潤滑油となり、巨大な肉勃起に座り込んでいても微熟女に痛みは伴わないようだ。けれどそれがかえって、押し寄せる官能を息が詰まるほど味わう結果となるらしい。

狭隘《きょうあい》な媚肉を巨根でみっしりと満たされる充溢感《じゅういっかん》。押し開かれるような重い愉悦。快感を甘受しやすいおんな盛りの性神経は、その能力を余すところなく全開にして、微熟女を快美な官能に溺れさせていく。

「あううっ……やっぱり、すごいわ……一度味わわされているのに……また挿入《い》れているだけで、イキそうになっちゃう」

朱唇から呻吟《しんぎん》を漏らし、眉根を寄せて苦悶の脂汗を滲ませている。

「はあぁぁぁんっ」

艶媚女は、若牡の上に跨ったまま顎を仰け反らした。上体を引きつらせ、美脚を硬直させている。艶やかな太ももが、颯太の腰部をギュッと強く挟み込んだ。

「ああ、彩音さんがビクビクしてる。本当に挿入《い》れただけでイッたのですね？」

軽くとはいえ絶頂を来した微熟女は、大きな瞳を悩ましく潤ませて、妖艶に朱唇をわななかせている。

「うふぅんっ……はううっ……あ、あああぁぁぁっ」

焦点の合わぬ目で颯太を見下ろしながら、彩音が柳眉をひそめた。

漆黒の瞳が潤み蕩け、たまらない色気を漂わせている。

(彩音さんのイキ貌って、こんななんだ……。超エロい！)

だが、よがり蕩ける美貌に見惚《みと》れながらも、颯太はもどかしさを感じている。

込み上げる衝動に、次なる要求を突き付けた。

「あ、彩音さん。おま×この蠢きだけでは、物足りなくなってきました。う、動かしてもらえませんか？　彩音さんが気持ちよくなるようにして構いませんから」

促された微熟女は素直に頷くと、両手を背後につき、背筋を後方に反らすようにして体勢を整えた。

颯太は彩音の太もものあたりに手を添え、繋がりあった秘所を食い入るように再び見つめた。

溢れ出た愛液が、颯太の太ももに滴り落ちている。鮮紅色の縦渠にめり込む肉竿には、二枚の花弁がぴったりと寄り添っている。

ぐぐっと彩音が、媚尻を持ち上げると、ぬぷぬぷぬぷっと肉塊がひり出された。

肉幹には蜜液がたっぷりとまぶされていて、白々《しらじら》と明けてきた窓からの光に、ねっとりとぬめった輝きを放っている。

「あぁっ……ち×ぽが、嵌まっているのがよく見えます！　ああ、また呑みこまれていく！」

切っ先が抜ける寸前、媚尻が反転し、またしてもずぶずぶと埋め込まれる。ゆったりとした腰つきは、徐々にピッチを速め、刺さっては抜かれが繰り返された。

ずちゅ、ずちゅ、ぬぷっ、ぬぷっと淫らな水音が寝室に響くたび、堪《たま》らない愉悦が二人の背筋を突き抜ける。

彩音が、大きく尻を振るから勃起はしばしば抜け落ちそうになる。左右に張った肉エラが、かろうじて入口粘膜に引っかかり、それを阻止する。

「あぁっ、彩音さん！　すっごく気持ちいいですぅっ！」

若牡も艶媚女のくびれをしっかりと摑み、自らの方に引きつけるようにして、その腰つきを手伝った。

お陰で男性器が、やわらかな膣肉に押し合いへし合いするように擦りつけられていく。

「あう、ぐッ……んう……。ああ、いいわ……ねえ、彩音も気持ちいい！」

二人の腰はピタリと密着し、互いの繊毛が擦れ合っている。彩音自身が気持ちのいいところに擦れさせているのだ。颯太の恥骨にクリトリスを当てさせ、肉棒の先で膣底を圧迫している。

「あん、だめなの、波が引かない……」

初期絶頂の昂揚《こうよう》が女体の中でずっと渦巻いているのだろう。微熟女は自らの唇をぎゅっと噛み締めて、鼻孔から熱っぽい息を抜いている。

体内では、男根に掘り返される最上の悦びが湧き上がっているに違いない。甘くはしたない卑蜜が、練り上げられた白い泡となり、繋がりあった隙間から垂れているのが証しだ。

「いいッ！　彩音さんのおま×こに擦れて……おぅッ……ものすごくいいですっ！」

腰を振り性器を擦り合わせることが男女の営み。けれど、あれほど上品で凛としていたキャリアウーマンが、扇情的に腰を振るなど想像もできない姿だった。

「あん。いいっ！　颯太くんのおち×ちん、たまらない……。どうしよう彩音、また気持ちよくなってきたわっ……。ふしだらな腰つき、やめられないの」

浮かされるようにつぶやきながら、微熟女が淫らに腰を振る。

スローなフラダンスを踊るような艶めかしい腰付きに、颯太の余命がどんどん奪われていく。

やがて彩音の腰つきが、その苛烈さを増してきた。前後だけでなく左右にも揺れ、ついには円を描くように動かしてくる。

粘着質な水音はより猥褻になり、結合部どころか颯太のへその下まで飛び散った淫液にまみれている。むせ返るような淫臭が立ち込めて、絶望的なまでに理性を埋没させていく。

「あん、あん、あぁん、ねえ、いいの……おま×こが気持ちいいのっ！」

蜜壺全体が収縮を強めて肉棒を貪ってくる。本能をむき出しにした腰の動きは暴力的なまでの激しさだった。

颯太は手を取られて蜜乳へと誘われる。乳首ごと摑まされると、その上に手を重ねてギュウッと力いっぱい握ってきた。

「おっぱい握ってっ。思いっきり摑んでっ……あ、ああっ、はぁ、う！」

全身で颯太を求める彩音。ここまで熱烈に懇願されて、応えないわけにはいかない。

荒々しく肉房を鷲摑みにしながら、自らもグイグイと腰を突き上げる。

「あんっ……！　ああっ……あああぁ～～～っ……」

あられもなく彩音が女体を身悶えさせる。乳首を掌底《しょうてい》で刺激すると、切なげに美貌を快楽に歪める。閉じられることのない口からは、甘い声があがり続ける。

「ああん、颯太くぅんっ！」

前屈しながらもなお艶めかしく腰をくねらせ、愛おしげに颯太の顔のあちこちに唇があてられる。ついには、だらしなく開いたままの同じ器官を塞がれた。

「ンン、ぐゥッ、ほむぅ」

切なげにわななく唇を夢中で舐め啜りながら、颯太はゼロ距離のまま、腰をくんと捏《こ》ねさせた。

「むふん！　ふぬぅ、あふぅ……。ん、んんっ……」

膣奥を擦られた彩音が、たまらずに両腕を颯太の首筋に巻きつけてきた。

「ああっ、ほら、中で当たっているでしょう。判ります？」

「すごいわ、奥まで来てるのっ、子宮よ、子宮に当たっている……ああん、すごいわ。こんなのはじめてよ……っ！」

長く逞しい肉棹で子宮口を摩擦される感触を、微熟女は目をきつく閉じて味わっている。

腹に弾ける感覚は、胃のあたりまで突きあげられるようであるらしく、時折顔を顰めている。けれど、それ以上の愉悦が拡がっているのは明白だった。ぐりぐりと手応えを感じるたび、ひくんひくんと女陰全体が蠢くのだ。

「ふううっ、ああん、もっと、もっと奥までちょうだい、膣中が壊れちゃうくらいぃ！」

細腕のどこにそんな力が隠されているのかと思うほど、強く彩音がむしゃぶりついてくる。

胸板に押し当てられたマシュマロ乳房が行き場を失って、密着した二人の脇からむにゅんとひり出されている。

きつく抱き合ったまま鈴口と子宮口もべったりと口づけさせて、互いの唇を貪りあう。牡牝の境目がなくなるほど肉という肉を緊結させ、心までひとつに溶け合わせる。

「ああ、彩音さん！」

「おおんっ……颯太くん……んっ」

熱い熱い口づけ。ねっとりと舌を差しこむと、彩音の舌が応えてくれる。

(ずっとこのまま、何もかも忘れて彩音さんとひとつに繋がっていたい……！)

颯太は頭の中をクラクラさせながら、そんなことを思った。同時に、彩音も同じ思いでいると信じられた。

「むふん、ああ、颯太くん、素敵よ……。ねえ、彩音を犯して。いっぱいイカせてぇ……」

むしゃぶりつく彩音の腕が解かれ、互いの間に空間が出来上がる。

すかさず颯太は上体を持ち上げると両足を広げて、微熟女の背中をベッドに着地させる。

媚尻を持ち上げるようにしながら自らの両脚をずらし、正常位の交わりに移行した。お陰で颯太の腰部が自由を得た。いま彩音が求めているのは、猛々《たけだけ》しい肉悦であるはず。そう理解した若牡は、艶媚女の美脚を両腕に抱え上げ、大きく剛直を引いた。

行かないでと分身にすがりつく肉襞に、全身に鳥肌が立つほどの快感が湧き起こった。

「あああああああん……」

引き抜かれそうな切なさに、半開きになったままの朱唇が、甲高くも奔放に艶めいた喘ぎ声を漏らしている。もはや牝啼きを留めることは不可能であり、意識さえしていないのかもしれない。

「んッ、ああッ、あふッ」

再び猛々しく腰を入れながら颯太は舌を伸ばし、宙に掲げた微熟女の媚脚を舐めた。絹肌に包まれたしなやかな脚にも、汗が染みだしている。その汗粒を逃さぬように颯太は美味しそうに、ふくらはぎや足首、踵《かかと》をしゃぶっていく。

「これが彩音さんの汗と匂いなのですね。少ししょっぱい」

むちっとした脚に舌を這わせながら、深刺しから一転、浅い出し入れで飢餓感《きがかん》を煽り女体を崩していく。ねっとりとした舐め愛撫とゆるやかな抽送で、性を知ったおんなであれば打ち消すことのできないめくるめく恍惚を掘り起こすのだ。

「ああ、いやんッ、そんなところ舐めないで」

「じゃあ、こっちにしましょうか……」

颯太は彩音の媚脚を解放し、前に手を伸ばした。豊満な乳房をぎゅっと摑んで揉みあげる。強く掌に絞りだされた双乳が、若牡の指の中で大きく形を歪める。

ぷっくり充血した乳頭を指腹で擦り、爪の先でピンピンと弾く。

「あっ、ああん、おっぱい感じるぅ……ああ、もうダメなの、またイキそうっ！」

彩音は女体を捩り、はち切れんばかりの豊満な乳房をたぷたぷとゆらした。逞しい男根を迎え入れるたびに、パンと張った腰を甘く痺れさせている。意識さえも、紅《あか》く眩ませているようだ。

「ひッ、あ、あうッ……う、うぐ、また、イ、イクわ」

朱唇をわななかせ艶媚女は喘ぎ悶えた。多幸感と喜悦にまみれた連続の絶頂に呑まれたのだ。

甘い蜜のような蕩けるオルガスムスに身を委《ゆだ》ね、白い女体は大きく息を喘がせて、汗粒を跳ね飛ばしている。

「彩音さん！」

絶頂に喘ぐ微熟女に、颯太は抜き差しの勢いを緩め、肉層を練るように勃起を回し込んだ。先走りの粘液をトロリトロリと膣奥に流し込む。

彩音もそれをはっきりと感じ取り、次は精液をお願いと訴えるようなまなざしで、うっとりと颯太を見つめ返している。

たまらず若牡は、ズンと力強く打ち込んだ。求められた通りに、吐精しようと本能が応えたのだ。

「あううっ……あっ、あっ、あっ！」

立て続けに颯太が抜き挿しさせると、微熟女の官能が一気に飽和して、おんなは背を撓《たわ》めた。

「ひうぅっ、イ、イクッ、イクうッ！」

今日一番の絶頂を美貌にも滲ませ、彩音はよがり啼いた。身も世もなく絶頂の声を張り上げた分、悦楽の波は女体の中で甘美さを増すものらしい。

経験やテクニックが添え物に過ぎないことを、雄々しい肉柱で証明するように、寄せては返す快感のうねりに揉まれる二十八歳の女体をさらに追い詰める。

「おううぅっ……。絞り取るように絡みついてきて……彩音さんの肉穴、ち×ぽが溶けそうです」

艶媚女が到達していると判っていながら、なおも颯太は追撃の腰突きを送り込む。

狼狽するように、彩音は喉を引きつらせた。

「ひ、ひぃッ、やぁんッ、あんッ、素直にイカせて……や、やめっ」

颯太は体を前傾させ、彩音の小刻みにイキ震える口元を吸った。

「んッ、んぐッ」

舌を差し込み、乱暴に口内をまさぐる。女体を串刺しにしたまま、唇を重ね合う愉悦と征服感が混じり合って背筋のあたりがゾクゾクしてくる。

颯太が粘ついた唾をたらし込むと、彩音は抵抗することなく、喉を鳴らし、いかにも美味しそうに嚥下《えんげ》してくれた。

「うぶぶ、感激です。俺の涎を呑んでくれるなんて」

口を離して颯太が囁いた。彩音は返事の代わりにパクパクと口を喘がせる。生々しい痴態を晒したおんなは、喋《しゃべ》ることさえ出来ないほど追い詰められ、快感の余韻と虚脱感の狭間《はざま》を漂っている。

再び颯太は、唾液を垂らした。泡立った白い粘液は、長い糸を引いて艶媚女の口の中に落ちる。彩音は白い喉を波打たせ、それも嚥下してくれた。

「俺の涎、おいしいですか？　彩音さんのカラダから、いい匂いがしています。汗と肌から染み出す体臭に香水が混じって、甘酸っぱい牝の香りがぷんぷんしますよ！」

唇の端についた彩音の涎を指で拭《ぬぐ》い颯太は笑んだ。エクスタシーを極めた女体からは、体臭が濃く放たれている。牝の臭気が、若牡の情欲を煽っていた。

「あはぁ……颯太くん、さっきと違う……ううっ……さ、さっきよりも硬くなっている。太さも熱さも段違いに……。一度目も凄かったけど、二回目の颯太くんは別人のように凄すぎるわ……」

颯太の興奮は、とうにマックスにまで振り切れている。その癖、すでに二度の放精をしたお陰で、頭の片隅に理性を保ちながら、打ち漏らすことなくここまでこれた。

極上の微熟女をほぐし、慣らし、焦らし、こなれさせて、ついには連続絶頂にまで導くことができたのだ。

その成果が目前でイキ乱れている彩音の嬌態だ。汗に濡れた美貌は、せわしなく息を吐き、逃げ道を探すように焦点を失った視線を彷徨わせている。

「彩音さんのこの凄いカラダなら、まだまだイケちゃいますよね？　イキ止まらないくらいまで、イッちゃいましょうね！」

颯太は彩音の両脚を高く掲げ、女体を巻き込むように深くグイと倒し込んだ。微熟女の白い足先が空で虚しくばたついた。

「あうッ、そ、颯太くんっ」

彩音の美貌の真横に、爪先を着けさせて、颯太が一番好む深い屈曲位を取る。身を捩ることさえ不可能な艶媚女は、ただ若牡の雄々しき肉棒を受けとめねばならない。

彩音の心の揺れが、いまの颯太には手に取るように判る。牡牝のプラグ同様、心まで結びつけているから彼女の想いが颯太の中に溶け込んでくるのだ。

「彩音さん！　もっとして欲しいのでしょう？　おま×こが俺のち×ぽにすがりついてきますよ」

睫毛《まつげ》を揺らし脅えた表情を見せているが、その実、次に与えられる官能に期待して総身を震わせている。

どこかサディスティックな気分で、牡獣は折り重なった女体に向かい、腰をグッと沈み込ませ、肉柱を奥底まで埋没させた。

「あ、アンッ」

子宮にまで重々しい性感がジンと響くように、腰を大きく引いては、また荒々しく打ち下ろす。容赦《ようしゃ》なく肉柱でおんなの内を磨くように引き抜いては埋め尽くす。

「きゃううぅっ！　こ、壊れちゃううっ……あっ、あっ、あっ、くふうん、ああ、でもいいわ！　こんなに気持ちいいのだもの。壊れてもかまわない！」

彩音が呼吸を整える暇も与えず、連続で犯していく。右手を微熟女の下腹部へと運び、中指の先でクリトリスを探った。

さんざん女体を弄ばれてきたせいか、肉芽は包皮を脱ぎ捨てて硬くしこっている。

勃起の抽送を緩めぬまま、指先を小刻みに震わせ女核を責め立てた。

「はおおおおっ！　あ、あ、ああん、だめ、またきちゃうっ！　彩音、また恥をかくわ！」

今日何度目かのアクメが微熟女を襲う。しかも、よほど大きな波であったらしく、美しい裸身のあちこちが細かく痙攣している。屈曲位のせいで、息が苦しいのだろう。美貌はそれまで以上に紅潮して、汗まみれになっている。

「凄い凄い凄い！　彩音さんがイキまくっている……。おんなって、なんて淫らなのだろう。その癖、こんなに美しいなんて、卑怯《ひきよう》すぎます！」

浅ましくも凄絶な美を纏い、彩音はおんなの業《ごう》を見せつけてくる。

ふいに颯太は、身をもって艶媚女は、颯太の男を磨いてくれているのだと気がついた。本物のおんなを知ることで、男としての器がまた一回り大きくなるのだと。

（そうか。そうなんだ。彩音さんがこんなに美しいと思えるのは、俺のことを想ってくれているからなんだ……。その想いに俺は、きちんと応えなくちゃならない！）

いよいよ颯太は、本気の腰つきに変化させた。

屈曲位から正常位へと再び移行させると、抜き挿しのピッチをさらに速め、貫く肉塊に力感を漲らせる。それとは対照的に肉柱を受け入れる内奥は、やわらかに蕩け、ひれ伏すようにうねった。

「ひううぅっ！　うぐぐぐぅ……。ああ、いやん、イッてるおま×こ、また突かないでぇ……。くふぅぅっ！　ほおおおぉ、もうダメなのっ、彩音またイクぅ～～っ！」

立て続けに昇りつめる彩音。久しぶりの昇りつめる感覚に我を忘れているようだ。激しく女体をのたうたせ淫らにイキ乱れている。そのイキざまを颯太は、うっとりと眺め続けた。最早、この世のものとは思えないほどの官能的な光景。上品にも淫らによがりまくる微熟女にすっかり心奪われている。

気が付けば、やるせないまでの射精衝動が押し寄せていた。

「彩音さん、俺、イキそう……！」

素直に打ち明け、抽送を緩めた。安全日だとは聞いたはずだが、やはりキャリアウーマンに中出しするのは気が引ける。けれど、抜き取ろうとする気配を感じ取った微熟女が、咄嗟に脚を交叉させ、若牡の腰が離れるのを遮《さえぎ》った。

「彩音さん？」

颯太が困惑の声を漏らした。彩音はそれでも脚を外さなかった。

「このまま射《だ》精して欲しいの。たっぷり颯太くんの精液を子宮で浴びて、もっとしあわせな気分を味わいたいの。だから、止めないで颯太くん。続けてぇ！」

そう懇願してくれる彩音だが、恐らく本心は颯太を慮っているのだろう。颯太が男の満足を得られるようにと、あえて自らが求める体《てい》で促してくれているのだ。

「ありがとう、彩音さん。あなたはやっぱり、いいおんなですね……！」

心から礼を言うと颯太は、乳肉の頂点でしこりっ放しの朱蕾を口腔で嬲りながら、遠慮のない腰つきを再開させた。

ぢゅぶ、ずぶ、ぶぶちゅっと、猥雑な汁音を響かせ、牝孔から官能を掘り起こす。

ふいに膣孔が奥へとうねくり、最奥にまで男根を迎え入れてくれる。おんなの本能が孕《はら》みやすいようにと導くのだ。子宮口も降りてきて、本気の牝汁を吹き出させている。

「ぐふうっ。もう射精《で》そうです。最後はおっぱいに顔を埋めて射精させてください。しあわせに包まれてイキたい！」

言いながら颯太は、べったりと艶媚女の胸元に顔を埋めた。

「いいわ。もう彩音は、颯太くんのおんなよ！　このおっぱいも、おま×こも颯太くんのモノ……。だから、いつでも射精《だ》して、颯太くんの精液を浴びせて！」

彩音の想いと颯太の望みが一致した。

「彩音さん、もう射精《で》ますっ。もうイク……っ！」

「射精《だ》してっ、射精《だ》してぇ！　颯太くんが欲しいのっ。颯太くんで中までいっぱいにしてぇ！」

蜜壺全体が収縮を強め、肉棒を貪ってくる。本能をむき出しにした牡牝の腰の動きは暴力的なまでの激しさだった。

込み上げる射精衝動に、むずかるように牡顔を艶やかな乳膚に擦り付ける。

「あっ、あはぁ、うぅ！　颯太くぅ〜〜ん!!」

全身全霊で颯太を求める彩音。熱烈な懇願に心まで蕩けさせ、颯太は渾身の力を込めて腰を突き上げる。ゴリッと最奥に亀頭がめり込んだ。あるいは子宮口に鈴口が突き刺さったかもしれない。

「ああっ、射精《で》る……射精《で》るう、ううぅ〜〜っ！」

肉棒それ自体が、爆発したかのように弾け、戦慄いた。灼熱の欲望液が微熟女の膣奥に撒き散らされる。

「あ、ああっ、熱いのっ。熱いのいっぱい来てる……！　ダメっ、こんなの……ダメぇ！」

真っ白な肢体にブワッと鳥肌が広がった。乳膚にもそれが拡がるのを颯太は貌で知覚した。それればかりではない。四肢のしなやかな牝筋肉が浮き上がり、ピクピクと小刻みに痙攣する。膣膜が、最後の一滴まで搾り取らんばかりにギュッと締め付けて、肉棒との隙間を埋め尽くしている。

「ああ、イクの止まらない〜っ！」

熱い牡液に肉孔を焼かれる感覚に、おんなの本能を満たされ、アクメが引かないらしい。イキ極める彩音の牝貌は、ひどく淫靡で艶めかしく、差し込む朝日に美しく光り輝いていた。

颯太は括約筋を引き締め、残らず絞り出してからも、なお深い谷間に戯れ続けた。

乳膚を伝う玉の汗を啜ると、官能の香りが口腔いっぱいに広がった。

それは媚薬のようなフェロモン汁であるらしい。睾丸のあたりが、ムズついて、またすぐにできるような気がした。

「こんなに気持ちのいいＳＥＸ……。またすぐしたくなるのも当たり前だよな……」

満ち足りた思いが半ば、魅力的に過ぎる女体への未練が半ば、颯太は悪戯するような気分で、またぞろ腰部をへこへこと蠢かせていくのだった。

第三章　温泉宿の淫ら酔い

1

「あん、あぁん……。ま、待って、颯太くん。イキ過ぎて切ないの……。少し休ませて」

その夜、淫らに腰をくねらせイキまくる彩音の懇願に、ようやく颯太は追撃の抽送を緩めた。

「本当は、もう少し新しい部屋への引っ越しを考えていたのだけれど、隣に颯太くんが住んでいるから、もう少し、この引っ越しを伸ばすことにするわ」

クリスマスが近づくにつれ、浮き立つような気分と共に颯太と彩音の仲も深まっている。

今日も冬の夜長を好都合とばかりに、颯太はたっぷりとその豊満な肢体を味わいつくしていた。

すでに一度、彩音の子宮に熱い精液を浴びせている。

飢餓感にも似た性衝動を発散した後には、決まって颯太は、その執心を艶媚女の乳房に向かわせる。

そのマシュマロ巨乳のやわらかさと反発力、乳肌のなめらかさを飽きることなく堪能するのだ。

彩音の媚乳は、母性と癒しが詰まっているかのようで、いくら颯太がその劣情をぶつけようとも揺るがないだけの安心感に充《み》ちている。

「あっ、あぁ。颯太くん、判る？　彩音のおっぱいがワンサイズ大きくなったこと……。巨乳好きの颯太くんの気を引くために張りつめているのね」

それには颯太も気づいていた。Ｇカップを越えてＨカップにまで張り詰めても、やはり彩音の乳房は美しい。けれど、それは颯太が弄び過ぎた結果でもあり、だからこそ、その乳肌の感度もぐんと上がっているのだろう。

「んんっ！」

つるんと剝き玉子のような乳肌は、オイルがまぶされているかの如く汗にまみれ、しっとりと濡れた感触が掌にぴちっと吸いついてくる。

手の中で揺れる途方もないやわらかさに舌を巻きながら、颯太は掌を下乳にあてがい直すと、その容《かたち》を潰すようにむにゅりと揉みあげた。

よほど肉房に湧き起こる快感がたまらないのか、キュンッと女陰が颯太の分身を締め付ける。

「あんっ……ふむうっ……ううん……」

スライムを詰め込んだようなやわらかさ、スポンジのような弾力、そしてゴム毬《まり》のような反発力が、心地よく手指の性感を刺激してくれる。

ふくらみの下乳から輪郭に沿って、今度は表面をぞぞぞっとなぞり上げてみる。

反対側の乳房には、副乳のあたりに掌をあてがい手の温もりをやさしく伝える。

彩音との関係は、週に一、二回といった時もあれば、三日続けてということもある。

本来は、毎晩でも彩音の寝床に潜り込みたいのだが、キャリアウーマンとして忙しい彼女だから、我がままばかり言えない。

けれど、その間が空く分だけ、颯太の性欲が飢餓感を伴ってしまうのだ。

何せ彩音ほどの美貌と媚ボディを持ち合わせたおんなからお預けを食うのだから、渇かない方がおかしい。

彩音の方も上品で甘い顔立ちに似合わず、旺盛な性欲を持て余し気味に、女体を燃え上がらせて颯太の求めに応じてくれる。それでいて、相変わらずカワイイ男の子を弄ぶような感じで颯太と接する大人のカッコいいおんなだから憎らしい。

「あふぅ、あっ、あん……そ、颯太くん。そろそろ動かして……。大きなおち×ちんを咥え込まされたままおっぱいばかり弄られるの切ないわ……」

純ピンクに染めた裸身を切なげに捩りながら微熟女が懇願している。

「でも彩音さん。さっきは、イかされてばかりで切ないって……。ゆったりとした穏やかな官能に包まれていたいって言ってましたよ」

惚《とぼ》けたセリフを漏らした唇をすぐに乳首に覆い被せ、レロレロと舌先で舐めしゃぶる。ビクンと蜂腰が揺れると、膣肉までが蠕動して颯太の分身に擦れてくる。

そのもどかしいような焦れるような官能をやり過ごし、颯太はなおも乳肌を弄ぶ。

「おっぱいばかりじゃ切ないって、やっぱり彩音さんは淫らですよね。ほんとイキたがりなんだから……」

艶媚女を言葉責めに辱めておきながらも、颯太は彩音の求めに応じるつもりになっている。

相変わらず乳房を貪りながら、ゆったりとしたペースで律動をさせるのだ。

「ああん、ゆったりと動かされているだけなのにすごいのっ……。彩音感じちゃうっ……おま×こ焦らされ過ぎて感度が上がっているのっ！」

ムンと甘酸っぱい匂いが、繋がりあうそこから漂っている。

数回の緩やかな出し入れでも、しとどに溢れていた蜜液が、絹肌から滲む艶汗と入り混じり、何とも言えぬ淫香となって押し寄せている。むろんそれは、決して不潔な匂いではなく、むしろ颯太の性欲をたまらなく掻き立たる匂いだ。

「彩音さんのおま×こ、もっといろいろな角度から擦ってあげますね」

宣言すると颯太は、ラグビーで培った怪力に任せて太ももを抱き抱えると、繋がったまま女体を持ち上げた。

「きゃぁっ！」

朱唇から短い悲鳴が上がると共に、微熟女が両腕で颯太の首筋にしがみついてくる。

肉感的ではあっても、想像以上にその女体は軽い。けれど、さすがにベッドの上に駅弁立位では、さすがに少しふらついた。

「颯太くん、怖いわ！」

むしゃぶりついてくる艶媚女に、慌てて颯太は床に降りた。

「もう怖いことありませんよ。安定しましたから……」

宥《なだ》めるように声をかけてから両膝のクッションを利かせ、フライパンを返すような腰つきで女陰を襲った。

女体がふわりと持ち上がり、大きなお尻が重力に落ちてくる。抜けかけた肉柱がずぶんと彩音の奥深くを貫いた。

「あぁっ、あはぁ……ダメぇ。壊れる。壊れちゃうぅ……」

必死でむしゃぶりついてくる微熟女に、颯太は自分の胸板をぶつけ、押し潰れて大きく変化するHカップのふくらみの感触を愉しむ。

(彩音さんのおま×このなか……。俺の精液でいっぱいだ……)

膣内がグズグズに感じられるのは、そのせいだろう。まるで葛の中にでも漬け込んでいるみたいだ。

(ぬるぬるで熱くて、やわらかくって……。でも相変わらずの強い締め付けが気持ちいい……っ!)

不安定な結合に、女淫までが若牡にしがみついてくる。

「あっ、あっ、あぁっ……。颯太くん、やっぱり怖いわ! それにおち×ちん奥まで刺さりすぎて苦しいし、このままでは危ないわよ……」

言い募る彩音に、素直に諦めた颯太は、いったん勃起を引き抜き、そっと微熟女の足を床に着地させると、素早く女体を裏返した。

「こ、今度は後ろからなの？　はあ。はあ、あああ、もうダメ、ああ、腰が、腰が抜けちゃう」

「だったら、もっと尻を突きあげてください……そう。ああ、やっぱ、彩音さんをバックから嵌めるの最高だ！」

婀娜っぽく張り出した美尻に、恥骨を押し付けてくる気色良さ。しっとり絹肌のなめらかさと、ふっくらほこほこの弾力が、彩音の意志とは無関係にやわらかく押し返してくる。

颯太は立ちバックの体位で女尻をがっしりと抱え込み、抽送を再開させる。

性の奈落へ堕ちた男女が、一度の契《ちぎ》りで満足するはずがない。このままふたりは、夜が明けるまで乱れ続けるのだ。

「ああ……彩音、また今夜も、何度もはしたないイキ貌をさらしてしまうのね」

必死にベッドの端を摑みながら彩音が切なげに呟いた。

カラダには二十八歳相応の疲労が蓄積しているのであろうが、二十一歳の猛り狂う性欲が容易には収まらず、微熟女を休ませるわけにはいかない。

「すみません、彩音さん。覚えたてのサルみたいで……。ああでも、このふっくらしたお尻、肌触りがたまらないから……」

颯太は尻たぶに掌を這わせて艶肉体を堪能する。

女壺をみっしりと充溢させた肉棒で、子宮口を丹念に擦って追い込みをかける。ねっとりと粘りを増した愛液が、内ももに一条の筋となって垂れ落ちた。

「はぁん、あぁッ。颯太くん。いいのよ。本当は彩音も感じちゃうのっ。あぁっ、いいっ！」

ひとりよがりな男根抽送に、艶媚女が歓喜の声を上げてくれた。

バチャッ、バシン、バチンッと、大きく打ちこむたび、セクシーなヒップと下腹部が衝突する卑猥な衝撃音が部屋に響く。同時に、魅惑的な尻肉がクナクナとくねり、前屈みになった釣鐘状《つりがねじょう》の巨乳がブルンブルンと前後に揺れ動いた。

「あうっ、いいわ。奥まで届いて……ねえ、凄いのぉ！」

太く硬い肉棒で彩音の性悦を懸命に掘り起こす。とうにやるせない射精衝動が起きてしかるべきなのに、肉棒の感覚がバカになっているようで、一向に終わりが見えない。

「あひぃっ、はっ……あっ、んんッ……ああんッ！」

抜き挿しに合わせて悩ましくも艶やかな喘ぎが朱唇から零れ落ちる。脳が快楽物質に侵され、思考が桃色に塗り潰されているのだろう。

複雑に入り組んだ牝祠《ほこら》に亀頭冠が引っ掛かるたび、蜜腰が蕩けるような快感が滲んでいるのだ。

「彩音さんの甘い啼き声が、俺、大好きです！　物凄く興奮する！」

勢いに任せて切っ先で子宮口を叩くと、牝肉はぎゅっと収縮して、男根の凹凸を感じ取ろうとするかのように密着してくる。

「ねえ。抜かれるのと、押し込まれるのと、彩音さんはどっちが気持ちいいですか？若干、引かれる方が甲高く啼いているようにも思えるけど？」

颯太には知りえない悦楽だが、どちらにも違う類の快感があるはず。挿しこまれても、引き抜かれても鋭い性悦が迸るから、彩音はビクンビクンと女体を震わせているのだ。しかも、それはいくら我慢しようとも、内側から痺れるように広がり、甘く女体を溶かしていく快楽なのだ。

いま、その短い波長のパルスが艶媚女の子宮に走っているのは明白だった。

「はあぁ。またイクっ。ごめんなさい。彩音ばかり……。ああ、でも我慢できない。イクぅっ、イクぅっ……おおおおぉぉぉっ！」

極みを迎えた彩音が、無意識に顎を突きあげる。肉悦の電流が総身を痺れさせているのだ。脳を快楽物質に侵され、思考が桃色に塗り潰されていくのだろう。

壁が薄いからと憚《はばか》っていた派手な叫びをあげることにも、すっかり意識が及ばなくなっているらしい。

「すごいよ、彩音さん。イクまでの間隔がどんどん短くなっている。さっきイッてからまだ十分も経っていませんよ」

颯太は、時計を指差した。

「ま、まさか。時間を計っていたの？」

「うん。あと回数もね。今ので八回目ですよ」

「いやだ、八回もだなんて……。そんなに彩音は、イキやすくなっているのね。でも、それは颯太くんのせいでもあるのよ。颯太くんが、こんなに凄いSEXを覚え込ませるから……」

彩音が真っ赤に染めた美貌をこちらに向けて颯太を詰る。その癖、本気で責めるつもりなどないことは、蕩けるようなその表情からも読み取れる。

「それだけ彩音さんと俺は、カラダの相性が最高ってことですね」

嬉々として言い当てる颯太に、艶媚女の美貌がさらに赤く染まる。キュンと牝孔も締まりを見せて、牡獣の言葉を証明してみせる。

「一晩に何回が過去最高？」

「おんなの過去なんて訊くものではないわ……。でも、間違いなく颯太くんが、一番彩音をイカせているわ」

一晩にこれほどのオーガズムを迎えるようになったのは、颯太と関係を結ぶようになってからだと彩音が認めた。

「それじゃあ、十三回を目指しましょうよ。俺とのセックスで彩音さんがイッた最高記録は十二回ですから」

無尽蔵の体力を持つ少年は、肉棒を再点火させる。

汗にまみれたショートボブが振り乱れた。

「む、ムリよ。あと五回もだなんて……。おおおぉっ……か、カラダが持たない。ゆ、許しぁああ、ああああああああぁ〜〜っ！」

許しての語尾が、甲高い啼き声に変わる。颯太の肉棒が、割れ目に強烈な摩擦を起こすからだ。鋭い快感は蜂腰から脳天まで一気に駆けあがり、その喘ぎにさらに艶を増す。

肉の打ち合う小気味好い音が、部屋で奏でられる。粘性の強さを増した淫液が白く泡立ち、彩音の張り詰めた太ももをぬめぬめと伝う。

「あっ、あんッ……うぅっ、んぐッ、んッ……ああんっ、あッ、イクッ、またイクぅッ！」

女体からむんっとするような濃艶な色香を立ち昇らせ、彩音は白い裸身を絶頂に躍らせる。

グンと激しく突きこむと、微熟女の背筋がぐねりと曲がった。衝撃で括約筋が締まり、じゅくじゅくと蕩けきった媚粘膜が怒張をぎゅっと握りこむ。

イキ極めた牝孔を容赦なく追撃すると、切なげに背筋をのたうたせ、立て続けに女体が絶頂を迎える。

「イぐぅっ、ひあんッ、ああっ、や、やめ、やめッ、ぁあんッ、またイクぅ、ああんッ！」

連続絶頂の大波に揉まれ、最早彩音は牝啼きするばかりで、言葉のほとんどが輪郭をなさない。

「イキまくる彩音さんを見ていると、俺もイキたくなりました。残念だけど、そろそろ限界ですっ……おま×この中にたっぷりと精液を吐きだして」

込み上げる射精衝動に、まだ続きがあることを示唆しながら颯太は抽送を激しくする。肉の管は明らかに膨張し、噴射間際の気配を見せていた。

今や性技など用いない。単純な往復運動で充分なのだ。膨らみきった男根で牝粘膜を掘削し、彩音を官能に喘がせていく。

「ひぅうんッ、ああっ、きてっ！　彩音の子宮を颯太くんの精子で溺れさせてッ、あはああッ！」

牡獣は兆《きざ》しきった微熟女の乳房を背後から鷲掴みにし、貪るように腰を振りたくった。ふくらみが自在にぐにゃりと容《かたち》を変える。先端の蕾《つぼみ》を転がすと、蜜壺が吸着したまま激しく引き攣った。

「ああん、だめよっ、激し過ぎて我慢できないッ……あや、ねッ……イックうううううううぅぅ！」

「イクよ。俺もイクっ！　ぐおおおおおっ、彩音さぁ～～んっ！」

イキまくる女陰から膣口まで引き抜いた肉柱を一気に最奥まで打ちこむ。先端で子宮口を叩き、鈴口から濁液を噴出させた。

「イひぃぃぃクぅううう～～ッ！」

それまで以上の白い光の嵐が、彩音を攫《さら》った。雷に撃たれたような肉悦が脳天までを一瞬で焼き貫く。男根の脈動に呼応するように、極上の裸身が痙攣を起こした。

「くひぃ。くうぅぅぅ……はふぅ、はぁ、はぁあんっ」

どぷどぷと注がれる劣情のとろみが子宮を埋め尽くすのを艶媚女はうっとりと味わ

っている。絶頂と共に味わう膣内射精に多幸感が湧きあがっているはずだ。それは思わず溜息を零すほどの、あまりにも恍惚としたおんなの悦びであるらしい。

「ああっ、はあっ……はあっ、はーっ……あ、ン……」

颯太は腰を揺すり、管に残された雫の一滴まで残らず吐きだしていく。まだ勃起を維持した肉棒を、充血した花弁をぺろんっと捲《めく》って引き抜いた。

肉塊が退《しりぞ》いた膣穴は、まるで透明な棒でも刺さっているかのように開ききって、牝蜜と精液がぐちゃぐちゃに入り混じった泡汁をトロトロと垂らしている。

「ああ失敗したなあ。彩音さんのイキ貌を見たかったのに……。じゃあ、今度は、正常位でやりましょう！」

あっけらかんと言い放つ颯太の頭を、朦朧《もうろう》とした表情で振り返る彩音。その唇には、艶冶な微笑が浮かんでいた。

2

「世界大会で銅メダルかあ。佳純さん凄いなあ……！」

駅前の大型ビジョンに映し出される佳純の姿に、颯太までが清々《すがすが》しくも晴れがましい気分になっていた。

十一月のはじめ頃に、佳純の国際大会への派遣が急遽決まり、以来、彼女とはほとんど逢えない日々が続いている。

SNSでやりとりはしているものの、恐らくは、これでもっと逢えなくなるに違いない。

ただでさえ美し過ぎる空手家として人気が高まっている佳純だからなおさらだ。

一抹の寂《さび》しさを覚えるものの、佳純の活躍は素直に嬉しい。

ひと時でも戦女神のような美女アスリートを独り占めすることができただけでも奇跡的であったといまは思っている。

「颯太くんの存在が私の力になるの……。こうして抱いてもらうのが私の束《つか》の間《ま》の安らぎだから……」

逢瀬の後、必ず彼女はそうつぶやいていた。それが事実ならば、少しは佳純の役に立てたのかもしれないとも思っている。

「でも、もう少し佳純さんの引き締まった肉体を味わいたかったかな……」

失恋したわけではないのだろうが、やはり佳純は高嶺の花であったのだと諦めるより仕方がない。

「にしてもなあ……。彩音さんも最近は忙しいから……」

力なくぼやいた通り、実は、彩音の方ともご無沙汰が続いていた。

年が明け、お屠蘇《とそ》気分が抜けた頃から、大きなプロジェクトを任されたとかで、出張でアパートに戻らない日も多くなっている。

上昇志向の強いキャリアウーマンが、ここを踏ん張りどころと定め、頑張っているのだから颯太としては、「根《こん》を詰め過ぎてカラダを壊さないようにね」と、古女房のような応援を口にするしかできることはない。

正直、彩音が颯太とどう言うつもりで関係を続けているのかも微妙なところだった。

恋人とは違うようだし、愛人というわけでもないだろう。強いて言えば、セックスフレンドなのだろうが、肉体だけのドライな関係とも違っている。

教師と生徒のようであり、姉と弟のようでもあり、時には恋人同士のようでもあって、その時々で微妙な距離と関係が緊張感をもって保たれていた。

「可愛がってもらっているのも確かだよな。せっかくの縁《えん》なのだからこの先も大切にしないと……」

男と女の関係など多種多様、十人十色であると判っている。彩音と颯太の関係が風変わりであっても不思議はない。ただ、型にはまっていないだけに、尻の座りが悪いような不安感が否めないのだ。

「誰との縁を大切にするの？」

ふいに掛けられた背後からの言葉に、たちまち颯太は現実に連れ戻された。

「えっ？　あっ！　せ、先生……。いえ、それはその……ですから今回の祭りのことで、何となく縁結びの儀式からはじまったものなのかなと……」

声の主が、沢尻玲香と知り、颯太は咄嗟に出まかせを口にした。

彩音とのことを正直に話せるはずがない。

「ああ、穂積くん。それはいい視点ね。子宝を求める祭りにしても、随分風変りだと思っていたけれど、そう考えればうまく説明がつくかも……」

颯太の出まかせに、こんなに玲香が食いついてくるとは思いもよらなかった。

その場で思考の海にどっぷりと浸かろうとする未亡人准教授を慌てて颯太は呼び戻した。

「それにしても、他のメンバーはどうしたのでしょう。先生よりも遅れてくるなんて……」

これから颯太たちは、とある県の山奥の村に伝わる祭りを調査するフィールドワークに出かけるために、駅で待ち合わせしているのだ。

本来であれば、大学の休講になる冬休みなどを利用したいところなのだが、フィールドワークの対象が〝祭り〟である以上、その開催時期に合わせるしかない。

本来であればゼミのメンバー十一名全員参加ということになるはずが、玲香から「他の講義との兼ね合いがあるのなら、そちらを優先するように」とのお達しがあり、半分以下の人数ということになった。

一月も末ともなると、入試の準備に大学側も忙しく休講が増えてくる。

年度末に向け学生が出席日数を稼ごうにも、今から確実に出席していなくては、単位が足りなくなる恐れがある。そんな学生への玲香なりの温情であるらしい。

お陰で、今回のフィールドワークは、颯太と玲香を含めた六名だけ実施《じっし》することになっていた。

けれど、いざ集合時間が過ぎても、待ち合わせ場所に現れたのは颯太と玲香の二人だけなのだ。

「宮西《みやにし》さんと堀《ほり》さんからは、私の方に不参加の連絡があったわ」

「えっ。沢村《さわむら》と木村《きむら》からは、俺の方に連絡がありました」

今年は数年ぶりにインフルエンザの大流行が報じられていたが、その影響で颯太は二人の男子学生から参加できない旨の連絡を受けていた。どうやら同様の連絡を玲香も受けていたらしい。

「ってことは、先生と二人だけってことですか。どうしましょう。今回は中止にしますか？」

「どうして？　フィールドワークは、民俗学を研究する上で欠かせないことよ。しかも今回調査する羽衣《はごろも》祭りは、二十年に一度しか執り行われない本祀りの年にあたるのよ。そんな好機を逃せるはずがないでしょう。例え二人でも必ず行くわよ！」

新進気鋭の民俗学者である玲香に、当たり前のようにそう主張されては、颯太としては従わざるを得ない。

「そうですか。そうですよね。これを逃すと、次は二十年後ですものね……」

表面上、戸惑いの表情を浮かべて頷いて見せたが、その実、内心で胸を高鳴らせている。

これまでにもいろいろな所に玲香と共に出向いたが、ふたりきりのフィールドワークははじめてだ。

もちろん、超が着くほどの高嶺の花である玲香と颯太の間に、間違いなど起きるはずもないが、それでも二人きりという状況に、ワクワクが止まらない。

半ば雲の上を歩くような心持ちで新幹線に乗り込んでからも、玲香の横顔をずっと盗み見ては、時折肩に触れる彼女の温もりを意識している。

（いやいや、落ち着け颯太！　そんなに舞い上がっていると、しくじりをやらかして、先生のご不興を買うのが落ちだぞ……！）

どうしても浮かれ気分になる自分を颯太は懸命に戒《いまし》めた。

3

「……ええ、ですから祭りのために、生憎《あいにく》と全館予約で満杯でして。他にお部屋はございません……。大変、相済みません」

取次の仲居では埒《らち》が明かず、女将《おかみ》が駆けつけてきたが、結局、答えは一緒だった。

「けれど、予約を確認した時には、きちんと二部屋取れていたわけですし、確かに六名から二名に減ったと連絡しましたけど、部屋数を減らしていいとは……」

懸命に言い募る颯太に、やけに色っぽい女将が、着物姿の痩身を二つ折りにする勢いで頭を下げている。

「はい。当方のミスであることは重々承知しております。ですが、既に全ての部屋が埋まっておりまして、どうにもならないのです……」

おりからの強い雪に見舞われ、颯太たちの乗る新幹線は大幅に遅れてしまっていた。

そのため、宿舎となる温泉旅館の『羽衣』にはかなり遅れて到着したのだが、さらに旅館の手違いで、部屋が一部屋しかないと告げられてしまったのだ。

厄介なことに村にはこの『羽衣』一軒しか宿がなく、隣町までは車で二時間ほどもかかるという。

だが未だに雪は強く降っており、これから隣町に移動するのは現実的ではない。第一、隣町でも宿が取れる保証などないのだ。

「穂積くん、仕方がないわよ。相部屋で私は構わないわ。相変わらず雪も降っているし……。野宿にならないだけましと思いましょう」

玲香が、そう取りなすのなら颯太としても引かざるを得ない。

「そうですか？　そうしていただけると助かります。むろん、お部屋代はサービスさせていただきますので」

如才なく纏めにかかる女将に案内された十畳ほどの和室には、寝具がふたつ並べて用意されていた。

「まあ。いやですわ……。おほほほ」

気づいた女将が、大急ぎで布団の間を離す姿は、まるで喜劇でも見るかのようだ。

けれど、颯太としては笑ってもいられない。

隣に立ち尽くす玲香の美貌が、仄《ほの》かに紅《あか》く色づいたからだ。珍しく准教授が動揺する様子に、責任の重大さがひしと圧し掛かる。

彼女とふたりきりの旅に、あれほど舞い上がっていた己を呪った。

「浴衣はこちらに……。お着替えの間に、すぐにお食事の支度を整えますので……」

そそくさと女将が部屋を引き取るのと同時に、大急ぎで颯太は畳の上に手をついた。

「こんなことになり、すみません。手配をした俺の責任です……」

平謝りに謝るしかない颯太に、けれど玲香は穏やかな表情を崩さなかった。

「まあこれは穂積くんのせいとは言えないわね。ドタキャンが四人も出たのだから、こちら側にもミスを引き起こす要因があったのだし……。だからキミが謝ることもないわ。宿代が浮いて、予算の節約にもなったことで、よしとしましょう」

玲香らしい冷静な分析とポジティブさに救われた。明らかに浮かれていた自分の確認ミスだと颯太は思っている。

「もういいから……。それじゃあ私、浴衣《ゆかた》に着替えてしまうから……。ちょっと、そっちを向いていてくれる？」

「あっ、お、俺も着替えちゃいます。じゃあ、俺はトイレで……」

玲香の着替えと聞き、またぞろ胸がざわめく。けれど、それを懸命に抑え、大急ぎで浴衣を抱えると、障子を開き廊下に移動した。

「わざわざトイレになんて……」と玲香は引き留めてくれたが、さすがに遠慮して「いえ、ついでに用を済ませますので」と誤魔化した。

狭い廊下を右に曲がると、突き当たりに設置されたトイレへと駆け込んだ。

(先生には申し訳ないけど、ちょっとこのハプニングに感謝したくなるなぁ……)

痛いほど責任を感じながらも、浮き立つような気分を抑えきれない自分がいる。

なるべくゆっくりと着替えを済ませてからトイレから出る。

「あの……。お着替えは済みましたでしょうか？　障子を開けても大丈夫です？」

颯太が廊下から室内に向かい声をかけると、すぐに返事が返ってくる。

「ええ。どうぞ……」

そんな一連のやり取りが、照れくさくもこそばゆく、どことなく新婚旅行にでも来ているような気分にさせられる。

「女将さんが、気を使ってくれたらしいの。素敵な浴衣を置いて行ってくれたわ」

昨今の旅館では、定番の浴衣の他に、女性用に艶やかな浴衣を貸し出している。

これもお詫びのつもりなのか、女将は玲香に似合いそうな浴衣を見立てて置いて行ったらしい。

ああ見えて、やり手の女将であるらしい。

「どうだろう。こんな私でも浴衣を着ると、少しは見違えるかな？」

気鋭の民俗学者として、いつもは理知的でクールにさえ見える玲香であったが、そこはやはり女性らしく、着飾るのは嬉しいらしい。

「とてもお似合いです。見違えるどころか、見惚れてしまいます……」

思わず本音が零れてしまうほど、未亡人准教授とその浴衣の取り合わせは素晴らしかった。

細身である上に、幾分なで肩であるせいか、酷く浴衣が似合うのだ。

白地にかすれ墨の不揃いの縦縞《たてじま》がキリッと引き締まり、鈍色《にびいろ》のくしゃくしゃッとした縮《ちぢみ》の帯がやわらかなアクセントとなって、玲香のクールな美貌を引きたてると共に清楚な大人の色香も匂わせている。

年増痩《や》せしていながらも、思いの外、ふくよかであるらしい肢体を、そつなく包み込み、この上なく上品で落ち着いた美しさを艶やかに際立たせるのだ。

(さすが旅館の女将だけのことはあるなあ。先生の美しさが惜しげもなく引き出されている感じだ……)

宿を訪れてほとんど間もないうちに、玲香にこの浴衣を見立てる女将のセンスには舌を巻く。

「穂積くん。そんなにまじまじと見ないでくれる？　さすがに照れくさい……。ほら、食事にしましょう。お腹が空いたわ」

いつの間にか部屋のテーブルには、食事の支度が整っている。雪で遅れた颯太たちのために、女将が急ぎで用意してくれたようだった。

4

小鉢や突き出し、天ぷらや一人鍋、陶板焼きと、温泉旅館らしい料理の品々が所狭しと並んでいる。

どうやら食事には贅《ぜい》が尽くされているようで、颯太も一安心。途端に、腹の虫がぐうと泣いた。それを聞きつけたように女将が、酒を運んできた。

「はい。穂積くん。お疲れ様。一献どうぞ」

差し向かいで座る玲香が、ねぎらいの言葉と共に、盃を持ち上げ酌をしてくれる。

すぐに颯太は、そのお銚子を玲香から受け取ると、今度は彼女に酌をする。

「では、いただきます」

二人同時に、盃を上げて挨拶してから酒を口に運んだ。

「ああ、美味しい……！」

玲香が白い喉元を覗かせて、透明な液体を呑み干した。その呑みっぷりに見惚れながら、颯太は二杯目を注ぐ。

「あまり呑ませ過ぎないでね。本当は、そんなに強くないのだから……」

早くも頬をはんなりと赤くする未亡人准教授。

（ああ、頬を上気させた先生、やばいくらい艶めかしい！）

これまでにも酒の席で、玲香が頬を赤くするのを何度か見かけている。そんな彼女に上品な色気を感じることはあっても、これほどに艶っぽいと感じることはなかったかもしれない。

漆黒の長髪を後頭部に纏め、白いうなじを露出させた清楚な浴衣姿が、それを増幅させているのだろうか。

「たまに酔うのもいいかもしれませんよ。先生は、いつも気を張っていますから……」

酒の勢いを借り、思い切って颯太は、思っていたことを口にした。

新進気鋭の民俗学者としての矜持《きょうじ》、准教授としての立場、未亡人特有の気負いもあって、常に玲香は気を張っている印象だ。

むろん学生の身分の自分が、一回り以上も年上の彼女に意見するなど、思い上がりも甚《はなは》だしい。けれど、颯太が気遣っていないと、いつか玲香がポキリと折れてしまいそうな気がする。その思いが、口をついて出たのだ。

「あら、私を酔わせてどうにかしちゃおうって魂胆かしら……。なーんて、うふふ。でも、ありがとう。そういう生意気なキミに、いつも感謝しているよ」

玲香にしては珍しい軽口に、颯太は自分の頬がボッと火が点《つ》いたように赤くなったこと意識した。

そんな颯太の様子に全く気付かぬ風で、愉しげに玲香は盃を手の中で弄んでいる。

(うわああっ。いつもより先生、色っぽいなあ……。お酒のせいで、どこか無防備な感じだ……)

あるいは艶《あで》やかな浴衣姿がそう映すのか、いつも以上に大人の魅力を発散させている未亡人准教授に見惚れながら颯太はグイッと盃を上げた。

またしても酒でしくじるわけにはいかないと、いつも以上に気を張っている。けれど呑まずにいられないのは、これほど近くにいても玲香には、どうあっても想いは届かないと思うからだ。

（いっそ本気で酔ってしまおうか……）

これまで酔いに任せて、どんなふうに女性たちを口説《くど》いてきたのか記憶がない。それでも、その成功率の高さは尋常ではないように思える。

ならばいっそ、アルコールドーピングで、玲香を口説いてみようかと思うのだ。

（どうせシラフでは口説けないのだし……。ダメ元ってこともあるしなあ……）

相手が聡明な玲香であるだけに失敗は目に見えているが、それも酒の上での失態とあれば、幾分は多めに見てもらえそうな気もする。

半ば開き直り、颯太はいつもよりピッチを上げてみた。それでも、いつものように酔いが回らないのは、やはり緊張しているせいなのであろうか。

思えば、これまでも彼女の前でだけは、酔った試しがないように思う。先日、はじめて玲香とふたりで呑んだ折も、酔いが回ったのは、彼女と別れてからだった。

（早いとこ酔ってしまわなくちゃ……。せっかくのチャンスがふいになるかも！）

颯太はそう思いながら盃を重ねた。

「○×▽△■◎×□……？　穂積くん？　穂積くん！」

気がつくと、玲香が颯太の名前を読んでいた。邪《よこしま》な考えにばかり気を取られ、肝心の玲香の声も耳に入っていなかったらしい。

いつの間にか空いた食器も片付けられ、卓上は酒類とつまみだけになっている。

「えっ？　あっ、すみません。お酒が回ってきたのかな？　しばらくボーッとしてました」

「穂積くんにしては珍しいわね。長い移動で疲れた？」

気遣ってくれる彼女のやさしさが嬉しい。こと学問においては、厳しい態度を取る玲香を冷たい人だと勘違いしている学生も少なくない。端正な容姿への憧れが、マイナスに変換されてしまうのだろう。

けれど玲香は、本来は細やかに気を遣う女性であり、本質的にとてもやさしい。学生たちの単位取得に関しても、きちんと学業に向き合う姿勢を見せていれば、時に温情を見せることさえある。

必須科目ではないから、中には取得すべき単位とは関係のない学生も多い。その辺の緩急の付け方、学生への思いやりを颯太は側で何度となく目撃している。

「いえいえ、この程度の疲れは屁でもありません。何せ体の鍛え方が違いますから……。で、何のお話でしたっけ？」

調子に乗り、ぐいっと腕をL字に曲げると、未だラグビーで鍛えていた頃の名残で、筋肉が大きく盛り上がる。

「そう？　じゃあ、いいけど。えーと。話って……、そうそう。穂積くんは、彼女はいないのか訊いたのだっけ」

まさか聞き洩らした未亡人准教授の質問が、そんな世俗的なものであったとは思ってもみなかった。

さすがに目を点にして玲香を見返すと、すっきりとした目元に悪戯っぽい笑みを浮かべつつ、ややつり目ぎみのクリクリしたアーモンドアイが、真っ直ぐにこちらを見つめている。

その涼しいまなざしに誘われ、颯太は自らの女性関係を白状した。

「俺、実はセックスフレンドのような相手が……。セフレというと都合のいいように聞こえますけど、他の言い方をすれば、俺が弟分みたいな関係で……。だから、やっぱ彼女とは違って……。その意味では、つきあっている女性はいないというか」

そう口にしている自分を、颯太は不思議に感じている。酒の勢いもあって話しているのだが、本来は玲香には知られたくない話なのだ。

（なぜ俺は、こんなことを先生に打ち明けているのだろう……。ああ、そうか俺、先生には隠し事をしたくないんだ……。それほど先生が好きなんだ……）

改めて玲香への想いが、どれほどのものであるかを思い知った。

「彼女と、いや、その前の彼女とも、そういう関係になった時には、実は酒の勢いというか、正体を失ってしまってたんです。断片的な記憶しか残らない状態なのに深い仲になって……。それが俺の中でわだかまりになってるんです……」

「ふーん。どうして、それがキミのわだかまりになるの？」

ただでさえ仕事柄、玲香は聞き上手だ。民俗学の伝承は、驚くほど口伝が多い。それを拾い集めるために自然と聞き上手になるのだろう。しかも、今夜の玲香は、酒が入っているせいか、いつにも増して聞き上手になっている。

「それは……。うーん。なんて言うか、気持ちを通わせないうちに、そういう関係になって、なぜ俺の事を受け入れてくれたのかも判らないままだったので……。それに断片的な記憶では、どうも俺が押し倒して、一方的に襲っていた気が……」

まるで罪でも告白しているような気分になり、颯太は語尾をもごもごさせた。

「でも、レイプってわけでもなさそうね。状況的に、キミとふたりきりの部屋でってことは、相手もまんざらその気がなかったわけではないようだし……。第一、彼女たちは、そのことでキミを責めたりしなかったでしょう？」

まるで推理を愉しむかのような玲香の口調。その瞳には知的好奇心に突き動かされ、探求している時と同様の光が煌めいている。

「それは、まあ……」

「その後も男女の関係を継続しているのだから、好意を持たれているのは間違いないわけよね？　だったら思い悩むことなんて何もないじゃない。恐らくキミの考え過ぎね。もし、問題があるとすれば、抑圧《よくあつ》されたキミの願望かな……」

「抑圧された願望ですか……？　これといって思い付きませんが……」

まるで心理カウンセラーのように指摘されたが、実際、颯太には思い当たる節などない。

「あら、キミ、今言っていたじゃない。相手を押し倒して、獣のように一方的にって……。恐らく、それがキミの抑圧された願望ね。穂積くんは、いつも相手を気遣ってばかりだから、時にはその願望を発散させないと」

玲香が透き通るような微笑を浮かべて、さらに言った。

「本来の穂積くんは、もっと大らかであるはずよ。性に対しても、その性格通り大らかでいていいと思うわ……。民俗学を学ぶと判ると思うけど、元来、日本の農村では性に対して大らかなものだったのよ。ほとんどタブーなどないくらい」

おんなが肌を晒すことを恥ずかしがる習慣は、明治の時代になり西洋的な道徳観や風習が入ってきてからのことだ。

性のあり方も今では考えられぬほど、大らかであけっぴろげなものだった。

夜這《よば》いの風習や乱交などは、どこの地域でも昔は当たり前。未亡人の面倒を町内でみて、代わりに町内の男たちの下の世話を未亡人がするといったことも普通にあったそうだ。

若い衆の他人妻への夜這いなども、武勇伝にしかならないくらいの大らかさが昔はあった。

「男が獣のようにおんなを襲いたい願望があるように、おんなには獣のようにめちゃくちゃにされたい夜があるものなのよ。だから、他人のセックスを見て嗤《わら》うものではないし、独善的に非難するものでもない。どんな性癖を持っていたって、本来何も恥ずかしがることなんてないのよ」

玲香の言いたいことはよく判る。なるほど颯太は、相手の女性を慮るばかり、自らの願望をおざなりにしてきたところが確かにある。

佳純とやりたい。彩音を抱きたい。その根本的な願望さえ満たされれば、己の性癖は二の次にしても問題ないと思っていたのだ。

相手の女性を宝物のように大切に扱い、体内に溢れる鬱勃《うつぼつ》たる思いをぶつけることはずっと控えてきた。

相手におんなの悦びを与えることを、己の悦びにすり替えてきたのだ。

酒に呑まれ正気を失った瞬間、そんな鬱屈が解放され、獣のように佳純や彩音を押し倒したのだろう。

「もっと大らかに性を愉しんでいいのよ。そこには何も気に病むことなどないの。SEXは命を謳歌《おうか》することでもあるの。ただ生きることを愉しむ。それがSEXよ。昔の人はそれをよく判っていたのね」

玲香の頬が上気しているのは、酒のせいなのか、それとも性を語る昂揚《こうよう》からなのだろうか。その判別はつかないが、ただでさえ色白で色素が薄い未亡人准教授がその肌を赤らめると、振るい付きたくなるほどの色っぽさを漂わせる。

「そうですね。でも俺が、自身の願望を全て解放したら、相手を壊してしまいそうでちょっと怖いです……」

ラグビーにより培われたパワーは伊達ではない。まして、人一倍の絶倫に裏打ちされた巨根の相手をさせられるとなると、さすがに可哀そうにも思え、同情さえしてしまう。

「キミが思っているほど、おんなってヤワじゃないのよ。そうじゃなきゃ母親になんてなれないわ……」

なるほどとは思うものの、それは賢いおんなの言い草のように思える。一般論にしか聞こえないのだ。フィールドワークを重んじる玲香にしては、いささか証拠にも欠けている。

「お言葉ですが、だったら先生はどうなのです？　ＳＥＸを愉しんでいるのですか？　誰とでも大らかにＳＥＸを愉しめるのですか？　俺が先生を求めたらどうするのです？」

そう返すと、玲香はさすがに驚いたように口をつぐみ、目を丸くした。

「………」

立て続けに意地悪な質問をぶつけてしまい、やけ気味になった颯太は、もう一つの鬱屈した想いを吐き出した。

「本当は、俺が一番好きなのは玲香先生で。先生の美しさに惹かれて研究室も決めたのです……。不純な動機で申し訳ありませんが、それが事実です」

一度口にした途端、とめどなく溢れ出す彼女への想い。ずっと口にできずにいた言葉が堰を切って零れ出ている。

「謝ることなどないわ。動機が不純でも、颯太クンはまじめにゼミに通っているわけだし。入口が私というだけで、きちんと民俗学に興味を持ってくれるなら、それはそれで……」

思いがけず取りなしてくれる玲香。未亡人准教授が〝颯太クン〟と名前で呼んでくれるのも酷くうれしい。勢いに乗り颯太は、さらに想いを吐き出した。

「それじゃあ、この不純な動機をこのまま持ち続けていいのですか？　ちょっと、俺、悩んでいたから……」

「不純な動機って、私のこと？」

「はい。先生のことを好きだっていう気持ちです。先生とＳＥＸしたいという気持ちも……」

この告白も、例の酒癖やアルコールドーピングによるものなのだろうか。いつもであれば、全く意識のないままに吐いていたセリフだが、いまは正気を保ったまま告白している。

「それは……。そうね。未亡人で一回りも年の離れた私のことをそんなふうに想ってくれていることをうれしく思うわ。性的な目で見られているのも、うれしいかな……。まだまだ私もおんなとして見てもらえるんだって、素直に思えるから……」

男子学生の視線を一身に浴びているはずの玲香にしては、己の若さと美への評価が低すぎることが驚きだ。

けれど、クールに見えて、どこか天然な所のある玲香らしいと言えば玲香らしい自己評価でもある。

「そうね。そうなんだ……。じゃあ、私としてみる……？　今夜だけは、准教授の立場を忘れることにする。その代わりキミも私への忖度《そんたく》など忘れて、キミの中にある鬱勃たる思いを全て私にぶつけなさい。獣のように私を抱いていいわ」

それが颯太の想いに対する玲香の答えであると悟るまで随分と時間がいった。正しく理解してもなお、信じられない思いがしている。

(えーと。これって夢じゃないよな……。夢みたいだけど夢じゃないみたい……)

酒の力によるものか、何の拍子かは判らない。けれど、玲香が颯太に抱かれる決心をしてくれたらしいことは、どうやら現実なのだ。

「先生！」

欣喜雀躍《きんきじゃくやく》、心が躍る。うれしさのあまり、天まで舞い上がった颯太は、地に足が着かぬ気分で立ち上がると、未亡人准教授の側に寄り、その女体を軽々と抱き上げた。

「きゃぁっ！」

玲香の短い悲鳴さえ心地よく颯太の興奮を煽る。

想像以上に軽い女体をお姫様抱っこしたまま、颯太は二つ並べられた布団まで彼女を運んだ。

5

「先生っ！」

やさしく布団の上に玲香の媚尻を着地させ、そのまま彼女の上に覆いかぶさる。

（うわっ、なんかやばいっ！　先生の全身、いろいろとやわらかい！）

胸板にあたる乳房などは、その肌の張りの強さからなのか弾力たっぷりだ。

「あんっ！　颯太くん、もう先生はよして……。今だけでもいいから玲香と呼んで」

未亡人准教授の細腕が颯太の首筋に伸びてきて、ムギュリとばかりに頭を抱き寄せてくれる。

鼻先が彼女の胸元に埋まり、途端に甘い匂いが鼻腔一杯に押し寄せた。

（め、メッチャいい匂いがする……。熟れた匂いヤバすぎ！）

おんなが熟れると、ここまで甘い匂いがするものか。あまりにも甘すぎて、目の前がクラクラするほどだ。

「玲香……さんっ！」

どうしてもすぐに呼び捨てにするのは気が引ける。

「ほらぁ、さんも付けちゃダメよ……。お願い、玲香って呼び捨てにして」

クールな准教授の美貌が別人と思えるほど甘く蕩けている。

そんな顔を見ているだけで、颯太の劣情は加速度的に燃え上がる。

「れ、玲香ぁっ！」

促されるままついに呼び捨てにした颯太は、溢れ狂う激情に任せて未亡人の浴衣の前合わせをぐいっと引っ張ってから、泣き別れにくつろげさせた。

「あんっ」

しめった吐息と共に現れたデコルテの白さ、透明度の高さには息を呑むほど感動した。

溜まらずに颯太は、持ち上げた頭を玲香の美貌の至近距離に運んだ。

「玲香……」

情感たっぷりに名前を呼び、紅唇を求める。

未亡人准教授は、それが当たり前とでもいうように、唇の間から朱舌を差し出して颯太を出迎えてくれる。

純ピンクの舌を上下の唇で挟み込み、そのまま玲香の唇に押し当てた。

「んん……っ」

やわらかな舌を舐《ねぶ》り、ふっくらとした唇の感触を貪る。

チュチュッと重ねては、ぶちゅりと押し付ける。しっとりした上下の紅唇の間に、舌先を滑りこませると、唇の裏や歯の裏を舐め啜る。上顎までほじくるうちに、口腔に甘い唾液がたっぷりと溜まっていく。その中に丸めた舌先を浸し、甘露な蜜汁を採取する。

「んふぅ……ほふぅ……んぅ……んぐぅっ……」

小さな鼻腔を膨らませ、苦しい息を継いでいる。颯太も限界まで息継ぎをしないため、すぐに顔が赤らんだ。

「ぶふぉあああっ……。玲香の舌って、どうしてこんなに甘いの？　いや、舌だけじゃないか。唾液も、口の中全体がねっとりと甘い……」

薔薇《ばら》のような匂いの吐息が、そう錯覚させるのか、特に唾液の甘さが一番強く感じられた。

もしかすると、准教授のどこもかしこもが甘いのかもと思いなおし、颯太はその鼻を浴衣の前合わせからくぐらせ、玲香の腋下《えきか》へと押し込んだ。

じっとりと汗が滲む腋に鼻先を押し付けると、確かに甘い匂いがしている。試しに舌先を伸ばすと、ビクンと女体が震えた。

「ああ、やっぱり甘い！　涎ほどじゃないけれど、ここもほんのり甘い。女体が熟れるとカラダまで甘くなるんだね」

「そ、そんなはずないじゃない。カラダが熟れて甘いだなんて……。きっと香水の匂いに錯覚しているのね……」

准教授らしい分析だが、恐らくそれは照れ隠しのようなもの。込み上げる羞恥の裏返しなのだ。ずっと玲香のことを見て来た颯太だから判る。

「どうでもいいじゃないですか。俺が甘く感じている。それが事実。玲香のここ、とても甘い！」

そう言い募りながら、さらに浴衣の空いた空間にぐいと顔を押し込み、舌を伸ばして腋下を舐め啜る。

「んっ、んんっ……。ああ、くすぐったいような気持ちがいいような。そんなところばかり舐めないで……」

羞恥に耐えかねたのか、本当にくすぐったいのか。恐らくは両方なのだろう。未亡人が悩ましげに身を捩るので、颯太はそこを撤退する。

そのまま体を下方向へとずらし、未亡人准教授の腰部に取りついた。

蜂腰に結ばれた帯を手早く解いてから、伊達締めと腰ひもを解く。むろん、颯太は浴衣の着付けなど知らない。手当たり次第に女体に結ばれている紐を解いていくだけだ。

ようやく下着代わりのスリップに行きつくと、脇で結ばれたその紐も解いた。

その間に、玲香は自らの後頭部に手を運び、お団子に束ねていた髪のシュシュを取り去った。

漆黒の長い髪が、シーツの上に、華やかに千々に乱れ拡がった。

「ああ……。やっぱり少し恥ずかしいわ」

「大らかに性を愉しむんだよね。恥ずかしがることなど何もないと言ったのは玲香だよ」

「それはそうなのだけど。この歳になると、若い男の子に裸を見られるのは、やっぱり恥ずかしいものなの」

はにかんだ表情の未亡人を尻目に、颯太は女体を覆う邪魔な布地を全て剝《む》いた。

「ああ……っ」

呻吟《しんぎん》するかのような呻きに、背筋にゾクゾクとした電流が走った。

「綺麗だ……。なんて綺麗なんだ……」

綺麗という言葉が陳腐にしか感じられないくらい美しい女体。

彩音ほどの巨乳ではないが、充分なボリュームを持つ胸元。容《かたち》のよい乳房は、Dカップ以上は余裕であるだろう。

仰向けに寝そべっているせいで、双丘は少しばかり左右には流れるものの、美しいお椀《わんがた》型に盛り上がっている。その頂上には、ほんのり淡くピンクに色づいた乳暈と、グミほどの大きさの乳首がひっそりと息吹いている。

連なる腹部には、余分なたるみの一つもない。くびれた腰から連なる熟れた腰つきは、熟女ならではの官能味に溢れている。カモシカのような完全無欠の美脚も眩《まばゆ》いばかり。

全体に年増痩せしてすっきりとした印象ながら、加齢によるラインの崩れなど微塵も見られず、まさしくモデル体型としか言い表せない魅惑のボディなのだ。

「凄いっ！　こんなに悩ましいカラダをしてるだなんて……」

自慢ではないが暇さえあれば、玲香のことを盗み見てきた颯太だ。否、暇などなくとも、ずっと彼女から目を離してこなかった。そして、そのカラダの線から想像される女体を幾度となく想像してきたものだ。

もしかすると、崇拝が過ぎて偶像化しているかもと疑っていたが、決してそんなことはなかった。否、それどころかその妄想のさらに上をいく神格化されたかのようなゴージャスボディなのだ。

(さて、この贅沢極まりない女体にどう挑むか……)

またぞろそんな考えが浮かぶのを、先ほどの玲香の声が押しとどめた。

(そうだった。忖度なしに、獣の如く欲望をそのままぶつけるのだった……)

思い定めた颯太は、その欲望のままに腰部に唯一残された黒い薄布に取りついた。

「はあっ！」

どうしても募る羞恥に未亡人が溜息を漏らす。大きなアーモンドアイが閉じられたのも、その表れであろう。

それでもなお大人しく颯太のされるままでいてくれるのがいじらしい。時にクールでミステリアスな印象を抱かせる大人の彼女に、こんな感想を抱くのははじめてのことだ。

颯太は、逸《はや》る気持ちに急かされて、未亡人らしい黒い下着を一気に踵まで引き下ろし、剝き取った。

「玲香、脚をくつろげて……」

左右の太ももの豊かさにふさわしく、こんもりと盛り上がった頂《いただき》には、その成熟度を示すように艶やかな翳《かげ》りが密生している。

その翳りを無意識のうちになぞりあげる颯太。スラッと伸びた玲香の両脚が従順に左右に開かれた。

「私、淫らね……。学生の眼の前に、アソコを晒すなんて……」

覚悟を決めたはずの玲香だが、さすがに未亡人としての矜持や年上のおんなとしてのプライドよりも、准教授の矜持の方が優先されるのだろう。

さもありなんといったところだ。新進気鋭の民俗学者として、時に異端視されながらも、颯爽と闘ってきた彼女なのだ。明晰《めいせき》な頭脳と才能に支えられながらも、人には言えない苦労もあったはず。それ故のプライオリティなのだ。

「いまは准教授の立場も忘れるのでしょう？　裸になったのだから、地位や名誉もありませんよ……」

できうる限りやさしく、可能な限り誠実に声をかける。すると玲香は、ポッと頬を上気させ、涼しい目元を、長い睫毛で隠しながら頷いた。

「そうね。そうだったわね。颯太くんと男と女の関係を結ぶと決めたのだもの。恥ずかしいことなど何もないはずなのにね……」

「そうですよ。物凄く、玲香は美しいのだから、恥ずかしがることなんて何もない。

均整の取れたスタイルもモデルのように美しいけど、このおま×こなんて未亡人らしくエロいのに、神々しいほど綺麗で……」

女神を崇拝するようにうっとりとした口調で囁くと、いよいよ颯太は堪らない気持ちになる。いても立ってもいられずに顔を玲香の股間に運び、突き立てた中指を一本、縦渠の中に挿入させてしまった。

「あうっ！」

不意を突かれた未亡人准教授があらぬ声を吹き零す。その甘い喘ぎにも興奮を煽られ、颯太は膣中を探索しながら、縦渠《たてみぞ》のあわいに息吹く小さな突起を口腔に含んだ。

「えっ？　あっ、はあああぁぁっ！」

刹那に、甘く掠れた美声が紅唇を割って零れ落ちる。

指先にGスポットを探り当てられた上に、女体の中で最も敏感な器官を舐められるのだからそれも当然だ。

けれど、玲香の艶声の凄まじいまでの甘さには、颯太の耳も心も一気に蕩かされてしまう。これだから熟れたおんなを玩弄するのはやめられない。まして、相手は焦れて止まない玲香なのだから夢中にならない方がおかしい。

颯太は、口の中いっぱいに涎を溜め、舌先で女核を洗った。

レロレロと舐めしゃぶり、尖らせた上下の唇粘膜を小突起にスライドさせる。挿入させた指先は、的確に女陰の内部構造を探り当て、浅瀬のスポットに到達させている。

「ほおおおおっ！　あっ、あはあ、あぁ……」

クイッと蜂腰が虚空に浮かんでは、小刻みに蠢くのを颯太は口で追いかける。蠢く膣中でも指の腹を微妙に移動させ、Ｇスポットを執拗に圧迫する。

「あはぁはぁぁんっ！　ダ、ダメよ。吸われると気持ちよくなっちゃう……。ああん、膣中で擦るのもダメぇ……っ！」

ぶちゅるるるっと淫らな水音を立てるたび、小さな突起が膨らみを増していくのが舌の感触で知れた。

ここぞとばかりに、つんっと舌先で突くと、つるんと包皮が剝け、ルビー色の淫核が恥ずかしげに貌を覗かせた。

「ああ、剝いちゃイヤぁ、そこは敏感なの……敏感過ぎるの……」

ふしだらな蜂腰がビクンビクンとイヤらしく痙攣する。あれほどクールに澄ましていた美貌が淫らに崩れ、理知的に民俗学を語っていた紅唇が猥褻なまでに喘ぎを吹き零《こぼ》している。

「あうぅっ！　ぉほおおぉっ……。ね、ねえ、颯太くん、たまらないわ。ダメなの、もう恥をかいてしまいそうなの……」

民俗学者らしく古風な言い方で、絶頂が兆《きざ》していることを教えてくれる玲香。颯太のためにあえて奔放に曝《さら》け出してくれているのだろうが、その乱れようはあまりに信じられない光景だ。

未亡人として貞淑に、慎ましく過ごしてきたからこそ、いざ解放されるとまさしく牝獣のように性を貪るのかもしれない。

「あん、いやぁ……。イッちゃう……イク、イクぅっ！」

けれど、いくら乱れようとも、淫らに振舞おうとも、玲香から上品さや美しさが損なわれることはない。熟女の官能美とはこれほどのモノなのかと、見せつけられる思いがした。

6

「玲香！　俺、もう我慢できない。玲香のおま×こに挿入《い》れたい！」

元より颯太は、未亡人准教授に忖度するつもりはない。ことここに至り、獣のように犯すつもりでいる。

女体を追い詰める結果となったのも、挿入するための潤滑油を満たすつもりでクンニしたつもりが、ゴージャスボディがおんな盛りに熟れすぎていて、あまりにも敏感過ぎたからだ。

未亡人として空閨《くうけい》をかこち、そのカラダを慰めることもしてこなかったのであろうことも、初期絶頂が早漏気味に押し寄せた理由であるはず。

「玲香を獣のように蹂躙《じゅうりん》したいんだ！」

思いつめた口ぶりで颯太が漏らすと、玲香は自らの双の膝裏に手を回し、美脚をM字に大きくくつろげて若牡を迎え入れる準備をしてくれた。

「ここよ。私のここに、あなたのおち×ぽを挿入《い》れて……」

〝颯太くん〟から〝あなた〟に呼び方を昇格させて、自らおねだりするような淫らな格好で待ち受けてくれている。

ややつり目ぎみの大きなアーモンドアイを淫らに濡れさせているから、その焦点はあっていないようにも見える。

「玲香！」

颯太は、未だ自らの体にまとわりついている浴衣から上半身をはだけさせ、その裾を端折《はしょ》り、大急ぎでパンツを脱ぎ捨てる。

ブルンと空気を震わせて飛び出した颯太の分身に、玲香の視線が張り付いた。

「ウソっ！　そんなに大きなおち×ちん見たことない……。歌麿ほどではないけれど、あながち枕絵も誇張ばかりではないのね」

妙なことに感心している准教授を尻目に、颯太は彼女がくつろげている空間に腰位置を運ぶ。

「ああ、来るのね……」

顔を真っ赤にして牡獣が剛直に手を添え、蜜洞の入り口をノックする。

「はううんっ……素敵」

もはや玲香は声を潜めようともしない。感じるまま、ありのままの姿を晒してくれているのだ。艶めかしい表情が、そう語っている。

「なんて綺麗な貌をしているんだ……」

うっとりとその表情を見つめながら、颯太は分身を肉ビラの内側へと押し込んでいく。

「はあうんんっ」

未亡人の肉孔は、思いのほか狭隘でありながら、柔軟に拡がっては長大な肉柱を迎え入れてくれる。苦もなくと言えば語弊があるが、颯太にしてみれば比較的スムーズな挿入と言える。

「おおっ！　挿入《はい》っていく……玲香の中に包まれていく!!」

確かに、颯太の方が腰を突き出して押し入れているのだが、むしろ准教授の女陰に呑み込まれていく印象だ。

「んぁあああっ。凄い……。見た目以上にあなたのおち×ちん大きい！……太くて、堅くて……あうぅうっ……埋《うず》め火をされているみたいにお腹の中が熱くなるわ」

ずぶずぶずぶっと埋め込んでいく速度が上がる。潤滑の蜜液がしとどに膣孔に満ちていくからだ。

「んふぅ……あぁっ、ああっ……す、凄いわ……！」

肉襞の内側を雁首《かりくび》で擦り付け、一気に貫いていく。未亡人の肉孔が、相当に長く感じられるのは、蛇腹状の肉路がつづら折りに幾重にも曲がりくねる上に、やわらかくも柔軟に伸びるから奥行きが深く感じられるのだ。

「おふぅうぅっ。れ、玲香のおま×こだって凄いよ。うねくっている上に、な、何だろうこれ、うわあぁっ！」

膣の上側の壁に、糸ミミズのような襞が横向きに連なっているのが知覚される。

彩音の女陰にも、触手のような肉襞は感じられたが、玲香のモノはその密生具合が異なっている。未亡人の肉襞が、うにゅうにゅと肉柱に絡み付き、舐め尽くす感覚は、まさしく千匹のミミズが蠢くようだ。

「しゃ、しゃぶられている！　玲香のおま×こにち×ぽをしゃぶられている！」

あまりの気色のよさに颯太は目を白黒させ、ぐっと息を詰めた。少しでも油断すると、射精させられてしまいそうなのだ。

込み上げる悦楽に下腹部を痺れさせながら、それでもなお一ミリ単位で挿入を続ける。

「あふぅ……はあああぁ、来ちゃう……私の一番奥まで嵌《は》まっちゃう……。ああ、うそ、こんなに奥まで届いてしまうの？　す、凄すぎる」

どんな時も冷静な准教授が、いつになく取り乱している。こんなはずではなかったとでもいうように、その瞳に怖れの色さえ浮かべている。それでいて充溢される違和感と肉壁をかき乱される官能に、膣粘膜全体がマグマのように溶けだして、快楽の泡が湧きあがるのだろう。白く透明度の高い美肌が、妖しくも美しい発情色に染まりはじめるのがその証拠だ。

「感じる？　俺のち×ぽで、気持ちよくなっているの？　蕩けそうな貌をしているけど、もしかしてイキそうとか？」

　クリトリスへの愛撫とGスポットを擦られただけで、初期絶頂に兆したのだ。颯太の長大な剛直を埋め込まれただけで、アクメしても不思議はない。それほど未亡人准教授の肉体は熟れている。

「そ、そんなにすぐイクわけ、ないでしょう」

　ハッとした表情で玲香が美貌をそむける。

「じゃあ、どうして玲香のおま×こ、こんなにヒクヒクしているの？」

　意地悪く問い詰めると、アーモンドアイがこちらの様子を窺うようにチラ見する。

「だ、だって私のアソコ……。あなたでイッぱいなのだもの……。あぁ、頭の中が真っ白になっちゃう」

　外は雪景色だというのに、部屋の温度と湿度はどんどん高くなっていく。美麗な絹肌にも汗粒がぽつぽつと浮かび上がり、純ピンクに染まりはじめた女体を艶光りさせている。

「ぐふぅっ。ああ、なんて美しいんだ。挿入《い》れているのに、こんなに切ない気持ちにさせられるのは、はじめてだよ」

　玲香は、颯太の知るこれまでのおんなとは全然違っている。佳純も彩音も、間違いなくいいおんなであったが、未亡人准教授には、さらにもう一段上の何かがある。

上品にして淫ら。可憐にして艶冶。妖艶にして美麗。本来対極にあるはずの性質を絶妙なバランスで兼ね備え、さらには、一歩間違えば魔性とさえ呼べるほどの官能味さえ併せ持っている。

しかも、それは肌を合わせてはじめて痛感する、奥ゆかしき魅力でもあるのだ。

(まさか、先生のご主人って本当は腹上死とかじゃないよな……。でも、こんなに凄い快楽を味わえるなら、先生とSEXしたまま死んじゃっても構わない!)

そんな埒もない妄想を逞しくしてしまうほど玲香のカラダは凄い。もしSEXの女神が実在するなら、玲香のような姿をしているのかもしれないと真剣に思った。

「こんなに凄いカラダを蹂躙させてもらえる俺は、世界一の幸せ者だ! ああ、玲香、もう我慢できないよ。動かすね!」

「ああっ、あなた動かして、私も、玲香も切なくなっているの!」

慄《ふる》えながらあらわな声を上げげて、未亡人が燃え上がらせた肉体の奥から、ドクリと熱い雫を溢れさせた。

牡獣の律動に備えるように、しとどの牝汁が肉柱にまぶされたのだ。

それを察知した颯太は、ズズズズッと肉柱を引き抜いていく。充溢されていた肉管が退くに合わせ窄まるのが知覚される。

「はあああああぁっ！」

切なさと快感の両方を明確に滲ませた玲香の艶声。カリ首が膣口の際に引っ掛かる感触を受け、一気にズブンと埋め戻した。

途端に、肉と肉を打つ音がパンと部屋に響く。

「ほおおおうぅっ！」

しゃくりあげるような声と共に、玲香が激しく美貌を打ち振った。恐ろしいまでに熱く、燃えきった膣肉が、溶けだしていきそうな快美に打たれ、熟れた肉体が扇情的に身悶える。

「ううぅぅっ……。凄すぎるわ。これほどの歓びに打たれたことない……。あうううっ、ま、また引き抜くのね……ああん、巻き込まれるのが切ないっ」

肉幹にすがりつく肉襞を振り払われ、退かれていく感覚を未亡人准教授が美しい額に眉根を寄せて言い募る。

颯太は、玲香に予測がつかぬよう、浅瀬に数回擦り付けてから、再びズブンと突き入れる。

「あはぁぁっ！　ああ、どうしよう。抑えられない。気持ちよくなりすぎて、おかしくなっちゃう……。忘れていたわ。SEXって、こんなに凄いモノだったのね」

ブルブルと四肢を慄かせて身悶える玲香。異様な官能の昂ぶりに女体を包まれ、長らく眠らせていた性感を次々に目覚めさせているらしい。

悩ましく感じまくる未亡人の嬌態《きょうたい》に、颯太も興奮を煽られている。

たまらず掌を目の前で、フルフルと揺れている美しい隆起に運び鷲掴むと、捏ね上げるように揉み解した。

「ああっ、はあぁっ」

そんな荒々しい愛撫にさえ、全身を燃え上がらせて身悶える。歯を食いしばる間もなく、熱い吐息を漏らしながら、ぎゅううぅッと颯太の肉棒を締め付けてくる。

「おふぅっ。く、食い締めてる!! 俺のち×ぽ、そんなにいいの？ またイキそうなのでしょう？」

肉棒を締め付けるのは、本能的に子胤を吐き出させようとするものだ。それは、自らが昇り詰める兆しでもあることを颯太は経験的に知っている。

「獣のようにもっと激しくするね。お望み通り、玲香はいつでもイッていいからね」

ぐりぐりと勃起で膣奥を捏ねながら暗示をかけるように言葉でも愛撫する。

「ひうんっ……ああ、だめっ、奥で捏ねないで……。子宮口にあたっているの……おち×ちんの先に擦れているの……」

玲香が、いよいよ狼狽に頬を引きつらせている。奥を擦られるのが、気持ちいいらしい。

こういう時、だめと言われて真《ま》に受ける颯太ではない。グイグイと腰を押し出し、切っ先に受けるコリコリした手ごたえを頼みに捏ねまわす。

「ふっ、ひいっ！」

膣奥に潜む性感をあやされた未亡人は、全くなす術《すべ》もなく、官能電流に打たれている。

飽和状態に渦巻いていた欲情は、灼熱の凶器に蹂躙され、たちまち限界を越えて爆発を起こした。

「ああっ、あああああああぁぁっ！」

文字通り四肢を歓喜の絶頂に撃ち抜かれ悶絶している。

准教授の獣じみた咆哮《ほうこう》に少し驚きはしたものの、ぶるぶると太ももを震わせながら勃起の突端に向けて熱湯の如き滴を零している玲香に、颯太はうっとりと見惚れた。

7

「玲香のイキ貌《がお》を拝めるなんて信じられない。ああ、なんてエロい貌《かお》なのだろう。なのに、物凄く美しいんだね」

真っ赤に上気した玲香の美貌が、むずかるように左右に振られる。

「ああ、ダメよ。そんなに顔を見ないで……。だって、きっと私、いま酷い表情をしてるでしょう？」

無呼吸状態に息を詰めているため、彼女の白い喉から明瞭な声は出ない。けれど、玲香が、そう言いたいのであろうことはきちんと伝わった。

まばたきさえも忘れ彼女を見つめているから判るのだ。

「でも、玲香がイキま×こを突かれるとどうなるのかな？　その貌も見たいし、激しくもしたいんだ。辛いかもしれないけど、ごめんね……」

やさしく詫びを入れてから、颯太はあらためて肉柱を引き抜きにかかる。

「ああ、ダメっ！」

制止を求める声も聞かず、ズンと突き入れる。

「はうんっ！」

艶めいた牝啼きに耳を悦ばせ、次なる抜き挿しを浴びせていく。

律動のピッチを、その兇器にふさわしいスピードと荒々しさに変換した。

「あん、あん、あはぁ、あああっ……。だ、ダメよ、ああ、また恥をかく……。イク、イク、イクぅっ！」

たちまち二度目の絶頂に見舞われる女体。そこへさらに、三回、四回と颯太は、強くストロークを打ち込んでいく。獣の如きとは、まさしくこのこと。

未亡人准教授がイキ果てるのに忖度することなく、若牡は己が欲望を追っていく。

「イッて、もっとイッて、玲香の恥ずかしいイキ様をいっぱい俺に見せて！」

声を昂ぶらせ、己が肉棒で濡れまみれた女体を貫き、最深部へ容赦のない突き込みを打ち込んだ。

「ほおおおおおぉおっ！」

小刻みに擦り付けていた律動がボクシングで言うジャブであるなら、直線的で忖度も何もない打ち込みはまさしくストレートそのもの。玲香の理性の欠片さえ粉々に打ち砕いてしまうほどの重みとダメージで一気に追い詰める。

「あはぁ、あああぁ、おおっ、おおおおおぉっ！」

牝獣のように啼き叫ぶ玲香。凄まじい歓喜のうねりに、五体を苛まれているのだろう。官能の業火に身を焦がしながら、天に突き上げた美貌を左右に振っている。

「おおん、あ、あなたぁ……凄いわ。ねえ凄いの……イクのが止まらないのぉ」

すでに未亡人の体内に渦巻く欲情は、完全に容量を越えているらしい。最早、淫らな牝啼きも止まらない。まるで悪霊にでも乗り移られたかの如く、全身をのたうたせ、暴風のような絶頂に溺れている。

気がつけば、玲香自身も腰を下から突き上げるようにして、自らの悦楽を増幅させている。

「こんな淫らなこと、したことがなかった。夫にも見せたことがないわ……。ここまで乱れるのもはじめてなの……」

丸み豊かな媚尻を揺らし、ふっくら盛り上がる恥丘を擦りつけてくる。溢れ出た愛液で湿った淡い草むらが、颯太の陰毛に絡みついている。

「あ、あなた、私のこと、とんでもなく淫乱なおんなと思っているわよね。ほおおおおっ……そ、それでも構わないわ。これがほんとうの私の姿だから……」

普段の玲香からは、おおよそ想像もつかない淫らな腰つき。それは亡き夫に対してさえ、見せたことがない行為であるらしい。

「ああっ、いいっ。もっとよ、もっと……お願い、もっと激しく突いて！」

あられもない肉欲の懇願が、颯太の射精衝動を一気に呼び起こす。一瞬表情を切なく曇らせたが、懸命に歯をくいしばり、怒濤《どとう》のピストンを繰り出していく。

動くたび、体から噴き出る汗がポタポタと滴り、玲香の女体をコーティングした。

「あうっ、いいわ。奥で響いている……ああ、凄いっ！」

男の本能を剝き出しにした抽送を准教授はなおも受け止め、派手に肢体を弾ませる。乳房が上下に激しく波打ち、長い黒髪が大きく乱れ踊る。無意識なのだろうか、シーツを強く握り締め、布地を皺くちゃにしている。

その裸身の熱く潤った中心部へ、いささかの躊躇いも技巧もなしに、自らを解放しきって、颯太は肉棒を抜き挿しさせる。

「ぐはぁっ、れ、玲香、俺、もうだめだ。もうイキそう！」

ついに限界に至った颯太は、やむなく訴えた。挿入からどれほどの時間が経っているのか感覚もない。願わくば、牝獣にも十分な悦楽を与えられたであろうことを祈りながら、射精態勢を整える。

皺袋を硬く収縮させ、横隔膜にギュッと力を籠める。

「ちょうだい。あなたの熱い樹液を……私の膣奥に！」

そう叫んだ未亡人が、汗で濡れる颯太の裸身に両腕をまわし、きつく抱きしめてくれた。全て射精をし終えるまで、決して離さないとでも言うのだろう。

「ぐわああっ、射精《で》るよ、玲香ぁ〜〜っ！」

固く閉ざしていた菊座を解放させるのと同じタイミングで、剛直を膣の最深部まで到達させせて留める。鍛え上げた肉体全体が、ブルブルッと震えた次の瞬間、精輸管を牡汁が一気に遡る。

「ああっ、来てる。子宮に、あなたの熱い樹液が……あうっ、い、イクぅッ！」

膣奥で豪快に爆ぜさせた肉柱。鋼の如くであった兇器が、一段と大きく膨らんだ先端部から、ズゴン、ズゴンと劣情の礫《つぶて》を放ったのだ。

「きゃうううううぅっっ！」

熱い牝獣の叫びをあげ、激しく打ち振った美貌を陶然と染め上げた玲香は、立膝した両脚で颯太の腰を強く挟み込み、むぎゅぎゅっと肉棒を締め上げてくる。

まるで最後の一滴まで搾り取ると言わんばかりの膣締めに、颯太は激しく体を痙攣させて、二度目三度目の吐精を繰り返す。

夥しい量の牡汁を子宮で浴びながら玲香もブルブルッと派手に女体を震わせた。

「はあああん……。なんてしあわせなの……。夫を亡くしてから、もう二度と味わうことはないと覚悟していたのに……。こんなに気持ちよくさせてもらえるなんて……。ありがとう。あなた」

多幸感に包まれうっとりとした表情で、礼を言う玲香。「礼を言いたいのは、こちらの方」と口を開こうとした瞬間だ。

（あれ？　世界がぐるぐる回っている……）

激しい運動にも比される射精に、体内で分解しきれずにいたアルコールが急に回ったものらしい。突然、世界がぐにゃりと歪み、プツンと意識がブラックアウトした。

終章

1

ハタと気がつくと、颯太はやさしく頭を撫でられていた。

後頭部にあたるやわらかな物体が、玲香の太ももであることにすぐに気づいた。

(ああ、俺、玲香に膝枕してもらっているんだ……)

薄っすらと開けた目で、未亡人准教授の表情を盗み見ると、これまで見たこともないほど色っぽく感じられる。

(うわあぁっ。や、やばい！　いや、ヤバくないのか？　またやっちゃったもんなあ。しかも、しっかりと正気のうちに……。いや、でも、待てよ。まさか先生に限って、カラダを許してくれるなんてことが、ありえるのか……？)

未だ颯太が目覚めていることに気づいていない様子の玲香。それをいいことに狸寝入りして懸命に記憶を辿る。

いま顔を載せている膝枕の温もりと、抱いたはずの白い肌の温もりが同じものであるのか、今一つ定かではない。またもや淫夢を見たのではないかとの疑念を打ち消すことができずにいるのだ。

（ああ、でも、布団代わりに掛けられているこれって、さっきまで俺が着ていた浴衣だよな……）

玲香の方はと言うと、きちんと浴衣を身に着けてはいるものの、どこか乱れた感じがなくもない。颯太が眠っている間に、自らの浴衣を整え直したということも考えられる。

（やっぱ本当にやっちゃったのかも……！）

玲香と肌を重ねたという記憶が、明確に頭によみがえる。けれど頭のどこかに、まさかあの准教授が、との思いもあるのだ。ならば寝ぼけたふりして、もう一度、おねだりしてはどうだろう。応じてくれるなら、それはそれで儲けものではないか。

「ねえ。玲香。俺もう一回、したいなぁ！」

思い切って掌を未亡人の太ももの外側にあてがい、その堪らない肉付きを撫でながらおねだりしてみる。

ビクンと敏感に女体が反応するのは、やはり一線を越えた証だろう。

「あら、あなた。起きていたのね……。あん、いやらしい手。そんな風に太ももを……。ああん、困るわ。玲香をまた乱れさせようと言うのね」

案の定、恥じらいの色を見せながらも玲香は、応じてくれる気配。頭を撫でてくれていた白魚のような手が、颯太の頬の稜線をやさしくなぞるのだ。

（ああ、ウソだろう……。玲香は、もう俺のおんななんだ！　俺のち×ぽに堕ちているんだ……！）

どうしても確かめたくて、颯太は太ももの外側を這わせていた手を玲香の膝小僧の間に運んだ。

叱られることを覚悟しつつも浴衣の合わせ目を潜り抜け、さらにその内側を目指す。

まずはとばかりに、いやらしい手つきは、太ももの下の段にあるふくらはぎに触れていく。軽い体重に潰された弾力が、ぴんと絹肌を張り、たまらないスベスベ感を味わわせてくれる。

そのやさしい感触をたっぷりと掌に記憶させてから、待望の内ももに手を滑らせた。

「んっ！」

思いがけず湿り気を帯びた吐息が、小さな小鼻から漏れ出た。

双の内ももはしっとりと、颯太の手指を出迎えてくれる。ふくらはぎと同じ張り具合の絹肌は、大理石のように滑らかでほっこりと生暖かい。むろん、そのやわらかさはふくらはぎと比べるまでもなく、ふわりとしている。

「玲香の内もも、もの凄くすべすべしている。手が滑るようだ……」

普段であれば、絶対に許してもらえないはずのデリケートゾーンにせっかく忍び込めたのだから、しっかりと味わわない手はない。

時に侵攻させ、時に退かせて、ミリ単位で奥へと進めていく。そのやわらかさを確かめるように、時折揉むのも忘れない。

「ああ、またあなたは、そんなエッチなことを……。んっ、んんっ……。あん、そ、そこより先は……」

少しばかり狼狽するような表情を見せるものの、玲香が拒むことはない。

それをいいことに手をぴんと伸ばし、指先全体で内ももの特にやわらかい部分を撫で擦る。内ももの薄筋や長内転筋を意識して、軽く指先で圧迫させると、女体がビクンと反応を示す。

正座した脚をもじもじさせるのは、くすぐったいようなもどかしいような愉悦がジワリと広がるからだろう。

「んうっ……うぅっ……。さ、さっきも言ったけど……。あ、アソコを他人に触られるの、久しぶりなの……。だから、肌が余計敏感に……。それにさっきまでの昂ぶりが……あぁんっ！」

人一倍聡明な准教授だから、やがて指先が太ももの付け根にまで及ぶことを想像しているはずだ。おんなの嗜みとして酷く乱れたりしないようにとガードを固めていたりもするのだろう。

けれど、その頭のよさが仇となり、あらぬ妄想を逞しくさせ、かえって興奮を呼ぶのだろう。さらには、颯太の手指に神経を集中させるからこそ、余計に肌を敏感にさせたりもしている。

佳純と彩音のお陰で、若牡はそんなおんな心の微妙な動きを察知できるようになっている。

それが一回り以上年上の未亡人であっても例外ではないと、太ももを触っただけで理解した。

（先生といえども、やはりおんななんだ……。あらぬところを触れられれば、肌を火照らせてしまう。敏感な部分を責められれば、もっと燃え上がるんだ！）

あの玲香先生が、と半ば信じられない思いながらも、颯太はおんなの肌を貪っていく。急速に性欲が下腹部に漲《みなぎ》るのを自覚している。けれど、性急に玲香と繋がるつもりはない。

この分であれば、恐らく玲香は、すぐにでも挿入を許してくれるだろう。もちろん、颯太の中には、今この瞬間にも彼女の膣中に挿入したい欲求が激しく渦巻いている。けれど本当の望みは、それではない。

(今度は獣のように貪るばかりでなく、欲情の焔で女体を焼かれる玲香を見たい……！)

確かに、情を交わした一度目も、玲香は激しく乱れていた。あれが夢ではないことを今ではしっかりと認識している。

けれど、否、だからこそ、未亡人准教授に全てを忘れるほどの絶頂を味わわせたい。多幸感に包まれた玲香の美貌をいつまでも拝んでいたい。それこそが颯太の大望だ。

そのためにとばかりに牡獣と化した颯太は、指先をさらに奥へと進めた。

2

「あっ！」

「えっ？」

玲香と颯太、ふたりの声がシンクロした。

触れられた羞恥の声と、触れたモノへの驚きの声だ。

「れ、玲香、穿いていないの……？」

伸ばした指に触れたふさふさした感触は、明らかに恥毛だ。指先に絡むようなふわりと包まれるような独特の指触りに、すぐにそれと知れた。

つまり、そこにあるはずの薄布がなく、浴衣のみが下腹部を隠しているのだ。

「……」

言い当てられた玲香は、恥ずかしげに顔をそむけて無言でいる。まさか、膝枕されたまま浴衣の中に、颯太が手を突っ込んでくるなど想像していなかったのであろう。

「穿いていないってことは、いつでもウエルカムってことでいいんだよね？」

にやけ顔で問い詰めると、いよいよ美貌を赤くして玲香が身体を捩《よ》じらせる。

「もうっ。いやな人……。ええ、そうよ。いつあなたが目を覚まして、もう一度玲香を抱いてくれるのかと待っていたの」

「ふーん。パンツも穿かずに？」

「そうよ。パンツも穿かずに……」

肯定しながら未亡人准教授がそのカラダを折るようにして、紅唇で颯太の口を塞いでくる。

「ふムムッ」

ふっくらとした温もりが、颯太の唇に惜しげもなく触れている。それだけで下腹部に力が漲るのを感じた。

恋人同士が交わすそれと全く変わらずに、情熱の込められたキスだった。これほど熱烈で激しいキスを受けたことが、かつてあっただろうかと思われるほど。

いったん離れて息継ぎをした紅唇は、今度は舌を差し入れてくる。

颯太の口腔の中を薄い舌が蠢いていく。颯太も舌を出し、濡れまみれた舌同士が溶け合うまで絡み合わせた。

玲香は自分が准教授であり、相手が学生であることも忘れて貪り吸うのだ。

「んふぅっ」

ようやく離れた紅唇から悩ましい吐息が漏れる。やさしく未亡人の手に頭を抱き起されていく。

布団の上に胡坐《あぐら》をかくようにして座った颯太。玲香は、自らの浴衣の裾を持ち上げて端折ると、その場に四つん這いになる。

自発的に下腹部を露わにして、肉柱を待ち受けるのだ。

「今度は、玲香を後ろから犯して……」

こちらを振り返る美貌の凄まじい妖艶さに、颯太はごくりと生唾を呑み込んだ。

「ねえ、お願い。あなたのおち×ちんで、また玲香を乱れさせてください……」

まるで颯太に傅くように敬語まで用い颯太を促してくれる。

一も二もなく頷くと、掲げられた媚尻に取りつき、その穂先を女陰へとあてがった。

数年にわたり未使用だった膣道は、すでに一度颯太によってこじ開けられたにもかかわらず、それでも十分に狭隘だ。

「はあああ、あはぁ……やっぱり大きい。く、くうう」

すぐに玲香が切羽詰まった声をあげる。あまりにも苦しげな声にも聞こえるため、颯太は半ばほどまで呑み込ませた辺りで腰を留め、それ以上の挿入を躊躇《ためら》った。

にもかかわらず相当以上の悦楽が、颯太の背筋を駆け抜ける。

「な、なんだこれ……さっきよりいい! くうぅっ、き、気持ちよすぎる!!」

既に、颯太の分身の容《かたち》をすっかり覚え込んでいる女陰だから、牡牝の凸凹がぴったりと嵌まりあい、凄まじいフィット感なのだ。

まるで豊潤に唾液を含んだ口唇に根元まで咥え込まれているような、朱舌にレロレロと舐めしゃぶられ、バキュームされているような快感。否、全方向からの濡れ襞によるを蠢きと締め付けがある分、その何万倍、何十万倍も強烈な愉悦が押し寄せ、ビクンと肉棒が脈打つのを禁じ得ない。

ややもすると込み上げる射精感をきつく歯を食い縛り、やり過ごす。

「ああん。イヤ、イヤ。そんなところで止めないでください……。さっきみたいに、もっと奥まで来て！」

必死の懇願を受け、若牡はなおも腰を押し込んだ。

「ふひっ……んふぅ。あっ、ああん。イヤ。ああ、膣中が開いちゃうううぅっ」

ぶちゅうっと肉の潰れるような音とともに、壮絶な快美がおんなの中へ殺到したらしい。

布団の上に着かれていた手が持ち上がり背筋が撓《たわ》む。貫かれたまま女体が、颯太の方に軽い体重を預けてくる。

美しい横顔が見る見るうちに上気していく。たまらず颯太は、細い頤を指先で捕まえてこちら向きにし、その紅唇を掠め取った。

「むふん……ほふぅ……んんっ！」

この美しい未亡人が俺のおんなになった。恋い焦がれた准教授が俺のち×ぽに酔い痴れている——そう思いながら背後から女体を抱きしめ、浅瀬に退かせた怒張を、三分の一のところまで押し入れては、すぐに引く。ジャブのようなストロークをゆっくりと確実に食らわせるのだ。

「あっ、あああっ」

期待を外されるのか、玲香からも媚尻を擦り付けるように突き出してくる。それを見て、颯太は腰を引かせて透かしてやる。

「ああん、ねえ、意地悪しないで……そういうのは嫌い！　もう我慢できません。お願いですから……」

驚くほどの可愛さで、颯太を詰《なじ》る玲香。未亡人准教授にはまだ颯太に見せていない顔が隠されていた。それを明かしてくれた礼代わりに、分身をはじめて連続する律動で出入りさせる。

一気に絶頂まで押し上げられることはないであろうが、背後からの浅い律動は確実に官能という官能を女体の奥底から掘り起こしている。

「ああ、この私をこんなに乱れさせるなんて……。はあん、あなた凄すぎます」

年上の面目など脆《もろ》くも崩れさせ、玲香は本気の牝啼きを奏でてしまう。それほどまでに颯太の怒張に逞しさを覚えているのだ。

「お、お願いですから焦らさないでください。どうか玲香の奥まで充たしてくださ い」

誰かが止めろと言うまで、いつまでも繰り返していそうな浅瀬への律動に、すっかり玲香は音を上げている。

この律動では、いくら繰り返しても達するまで導くことはできない。半面、確実に官能の焔をより盛んに燃え上がらせるための律動でもある。それでいて、どんなに燃え盛ろうとも、やはり絶頂にはたどり着けないはずの抽送なのだ。

「もうムリっ……。玲香を苛めないで、おかしくなってしまいます……ください。激しく、奥まで、あなたのおち×ちん、くださいぃっ！」

繰り返しジャブを女体に浴びせられ、もどかしくなった玲香。凄まじい焦燥感《しょうそうかん》に紅唇をわななかせながら淫らなおねだりを何度も口にする。

「はうぅっ、あはあぁぁ……」

これまで聞いたことがないような扇情的な声で呻く未亡人に、そろそろ頃合いと颯太は悠然と分身を進める。

愛液をエラ首でねっとりと絡め取り、男根を膣奥まで到達させた。

「あああああああああぁぁっ！」

官能に酔い痴れるような、安堵するようなおんなの嬌声。淫靡すぎる牝声に颯太のボルテージも一気に上がる。

「はあ、はあ……せ、先生！」

凄まじい興奮のあまり思わず呼び慣れた〝先生〟と呼んでいた。

「ああ、いやよ。玲香と呼んでください。お願いですから玲香と……！」

颯太の前では、一人のおんなでいたいとばかりに切なげに玲香が言い募る。

「れ、玲香ぁ！」

熱く囁くと、密着させた腰をグイと捏ねる。

「ほうん！」と、熱い牝啼きと共に、准教授が頤をあげた。同時に、瞑《つむ》っていた目が薄く開かれる。

持ち上げられた美貌が、何かを訴えるようにこちらに向けられた。

またしても吐息が重なり合うほど颯太の顔が間近に迫っていることに驚いたような表情をしている。

恥ずかしそうに視線を逸《そ》らす未亡人。颯太はもたげた不安をそのまま口にした。

「もしかして、痛かったとか？」

「そんなことありません。奥に擦れて気持ちいい……。ただ、玲香の淫らなよがり貌を、またあなたに見られているのが恥ずかしくて……」

「本当に？　ああ、よかった。気持ちいいのならうれしい……。恥ずかしくてもいっぱい見せてよね。玲香のエロい声やイキ貌を……」

甘く囁きながら颯太は、やわらかく膣肉に包まれた若棹を逞しく跳ね上げた。

3

先ほどの正常位での交わりとは、また違った味わいの女陰。挿入角度も違えば、天地の擦れ具合、すがりついてくる肉襞の密生度合も違っている。その絶妙な感触に、颯太は歓喜に打ち震えている。

玲香は立膝して背筋を反らし、颯太に軽い体重を預けてくれている。颯太は、その美麗な女体を未だ包み込んでいる浴衣の帯を手早く緩め、もどかしげに剝き取ってから、背後から抱きすくめて極上の美肌の抱き心地に酔い痴れた。

「また玲香に挿入できたね……。今度はこうしてバックハグしながら……」

一度吐精してから、どれくらい颯太は眠ったのか。あっという間に射精に導かれていても不思議がないくらいの具合のよさだが、いくばくかの余裕は残されている。

いずれにしても恋焦がれた未亡人准教授の道具が、想像以上の名器であることには違いない。

フィールドワークで野山を歩き回ることで、我知らずのうちに蠱惑のカラダを培ってきたのだろう。

モデル体型に引き締まっていながらも、適度な肉付きが、その抱き心地のよさを高めている。

「そうね。私たちまた繋がっているのね……。すっかり玲香は、あなたがくれるしあわせに酔っています。いけないと思いつつも、こんな時間がこれからも続くことを願ってしまうの。それは、とても怖いことだわ……」

颯太にカラダを沿わせたまま呻吟するように紅唇が言葉を紡ぐ。

「きっとそれは望んではいけないことだから……」

「何がいけないの？　性に対し大らかに生きるのでしょう？　俺は、玲香ともっとこういう時間を持ち続けたい！」

そう否定したものの実は未亡人准教授の言わんとすることは、颯太にも判っている。

けれど、せっかく手に入れた彼女を、物分かりよく諦めるわけにはいかない。

例え、准教授には酒の上での過ちであったとしても、颯太にとっては身を焦がすほど恋い焦がれた相手なのだ。どんな困難を乗り越えてでも、この手は離さないつもりだ。けれど、その最大の障壁が、玲香自身であることも痛いほど颯太は承知していた。

「だって、私、あなたの足枷《あしかせ》にだけはなりたくない」

やはりそう来たかと内心に思った。民俗学などやっていると、頭の中までが古風になるのだろうか。

「何を言っているの？　いまは令和の時代だよ。二十一世紀になってもうすぐ四半世紀も経つんだよ！　俺だって玲香の言わんとしていることは判っているつもり。一番の懸念は、むしろ俺の方が玲香の足枷になるんじゃないかってことだから――」

実際、ずっとそれが颯太の中で引っかかっていた。二人の関係が世間に知れた時、一番大きな痛手を被るのは間違いなく玲香だ。

正直、卒業後もゼミに残ると決めた時点で、彼女への想いは封印するべきなのかもと考えていた。

他人から邪推される元となったり、ライバルから足を引っ張られるネタとなったり、例え玲香に落ち度がなくとも颯太が彼女に恋慕《れんぼ》する限り、火種となる可能性はゼロではない。火のない所に煙は立たないとは、実によくできた言い回しなのだ。

（玲香の弱みに俺がなるのだけはごめんだ……）

むろん、やさしい玲香のことだから颯太を足枷などとは思わないかもしれない。その鋭いまでの聡明さと、天然のような空気の読めなさで、謂れのない誹謗中傷などどこ吹く風と受け流してしまうことだってあり得る。

けれど、ふたりが男女の関係となった以上、ほぼ十中八九、颯太が玲香の弱みとなったことは確実なのだ。

「――だから俺、例のお誘い。今更だけど、謹んでお断りさせていただきます。そのことで、玲香に迷惑は掛からないよね？」

つり眼気味の大きなアーモンドアイが、さらに大きく見開かれ窺うようにこちらの瞳を見つめてくる。

「あなたへのお誘いって、助手として大学に残らないかってあれのこと？　そんなことで迷惑なんて掛からないけど、でも……」

どうしてと訊きかけて玲香にも判ったらしい。やはり彼女は聡明だ。

「うん。そうだよ。玲香だって、それが一番だと気づいたでしょう？　これからも俺が玲香の側にいるためには、それがベストなんだ。だから玲香、研究室には残れない代わりに、俺と結婚してくれる？」

あまりの論理の飛躍に、さすがの玲香も今度は付いてこれなかったらしい。キョトンとした顔をして、まじまじとこちらを見つめている。

「そんな顔をしないでよ。意味が分からなかった？　結婚しようと、プロポーズしたんだよ」

勢い任せの思い付きと思われそうだが、颯太にとっては当たり前の結論だった。話をしているうちに頭の中が整理されただけで、ごくごく自然な最適解なのだ。

むろん、玲香がこのようなプロポーズをすんなりと受けてくれるはずがないことは判っている。

アーモンドアイが益々見開かれるばかりでなく、紅唇が空いたままでなかなか塞がらないことからもそれと判る。

「バカなことを言わないでなんて、絶望的な言葉は聞きたくないからね。玲香の返事は、ＹＥＳの一択だから……。まだ、声も出ない？　それじゃあ承諾してくれるまで、俺、玲香のおま×こを突きまくろうかな！」

自分でも、もう少しましなプロポーズの仕方はないのかと呆れるが、事ここに至ってはやむを得ない。絶対に承諾させるには、この方法しか思い浮かばないのだ。

「えっ？　あっ、ちょっと……。むふん……んむむむぅ……」

空いたままの口を塞ぐように舌を挿入させ、未亡人准教授の口腔を犯しながら颯太は、じっくりと腰を蠢かしはじめる。

またしても浅瀬で数回擦らせてから、捏ねるように腰を回し、途絶えていた官能を再点火させる。

「むムっ……んふぉぉ……ま、待って……あん、あぁ、そんな……」

本気だった。理知的な玲香を承諾させるには、多少無茶なくらいの方が丁度いい。粟粒《あわつぶ》のような悦楽も堆《うずたか》く積み上げていけば、やがて未亡人准教授の聡明な頭脳にも官能のピンクの靄《もや》がかかり、正常な判断が難しくなる。多少卑怯《ひきょう》な気もするが、その時に承諾させてしまえばいいのだ。

颯太は背後から両手で容のいい乳房を包み込み、リンパの流れを意識しながら副乳や側面、輪郭をなぞっていく。

ただでさえ玲香にとって乳房は大きな性感帯になっている。しかも、颯太がしつこく弄ぶから酷く敏感になっている乳肌には、もってこいの愛撫だ。

「あううっ、あん、ああ、あなた……ああ、ダメぇ……おっぱいが切なくなっちゃうぅぅっ」

戸惑いと恥辱に震えつつも、乳房はプリプリと音を立てて盛り上がり、さらに敏感になっていくのを止められずにいる。

「そ、そこも擦らないでください……。あっ、あっ、ああ、痺れる……おま×こ、が痺れるぅっ！」

濡れ切っていた女体がさらにバターを溶かしたように熱く潤っていく。その濡れそぼる女陰を颯太は、亀頭の裏側を意識して浅い位置の玲香の啼きどころに執拗に擦り付けている。

「はううううっ……あはぁぁぁん」

若牡の想像をはるかに上回る歓喜のうねりが女体を駆けまわっているらしい。

堪えきれずに玲香は、媚乳をぶるぶると震わせた。

切ないまでの疼きに、我知らず艶尻を揺らせてしまう始末。お陰で、さらに膣内に勃起が擦れて、さらに悩ましい淫波に襲われている。

次々に襲いかかる喜悦に、張りつめた双乳の頂点で、慎ましやかであったはずの乳首がツンと円筒形にそそり勃っていた。

むろん、その反応を颯太が見過ごすはずがない。親指と人差し指の間に、ふたつの小さなダイヤルを摘み取ると、左右に捻り回し淫らにチューニングする。

「ああん、そ、そんなに回さないでください……。玲香、乳首でも気持ちよくなっちゃう」

妖しく身悶える玲香の素晴らしいおんな振りに、颯太は喉を唸らせながら目前の愛らしい耳を舐った。

「ひやん、あはぁ、おほおおぉっ！　ああ、ダメっ、イクのっ、イクぅ〜〜っ！」

執拗に乳首をいたぶられ、耳をネトネトにしゃぶられ、Ｇスポットを擦られて、あられもなく未亡人准教授は絶頂に達した。

端麗な容姿が絶頂によがり崩れる。

「どう？　玲香、結婚を承知して……むふっ、んんっ」

承諾の言葉を得ようと尋ねた唇に、わななく紅唇がぴたっと密着した。一瞬たりとも緩めずに吸いつけてくる。豊麗な女体をぶるぶると絶頂に震わせながら、颯太のほうへと振り向いた玲香は、颯太の言葉を呑み込むのだ。

一瞬、それは玲香の必死の抵抗のようでもあったが、必ずしも、そうではないのかもと思い直した。少なくとも、これほど積極的に、しゃぶりまわすように震い付いてくるのだから、もしかしてとの期待が膨らむ。

「んふぅ……あぅぅっ、フムっ、んふぅッ……」

喉の奥に呻きを懸命に呑み込みながら、なおも玲香は重ね合わせたままの唇を、擦らせるように押し付けてくる。

颯太が舌を差し入れると、その舌にねっとりと朱舌を絡めてくる。

「おおっ！」

颯太に鮮烈な興奮が湧き起こった。情感たっぷりに、かつ大胆にネチユッ、ネチュッと舌を巻きつけてくるのだ。

この様子では、もういかなる言い訳もせずに、プロポーズを受けてくれるのではないかと思われる。

牡獣の怒張に夥しい雫を吹きかけ、上体を浮かせたまま、舌を貪り吸っているのは紛《まぎ》れもなく玲香なのだ。彼女にとって、まるでこの舌と唇こそが唯一燃え盛る欲情のはけ口とでもいうように、烈《はげ》しく颯太の口腔を求めてくれる。

「むふぉん……れ、玲くわぁぁっ！」

短く息を継ぎ、再び颯太が舌を差し出すと、未亡人准教授も舌を伸ばして擦りあわせてくる。普段の玲香からは全く想像もつかない、いやらしいキスを自発的に仕向けてくるのだ。

「ハア、ハア、ハア……。ああ、あなた、お願いですから動かしてください。玲香のおま×こを激しく突いてください。もう何も余計なことを考えられなくなるように……。これからの一生を玲香は、身も心もあなたに捧げると誓いますから」

まるで敬虔《けいけん》に祈りを捧げるような口ぶりで、玲香が愛を誓ってくれた。

「お願いです。どうか淫らな玲香をあなたの妻にしてください」

体内で荒れ狂う官能に、魂まで支配されたかのように蕩けた表情で玲香が囁いた。

妖しいまでの美しさを玲香は放っている。それでいてどこまでも淫らで、官能味たっぷりなのだ。

「ねえ、早く来て！」

もう一秒たりとも待ちきれないとばかりに、未亡人准教授は起こしていた上体を前方に倒し、再び雌豹のポーズをとってから淫らに媚尻を蠢かす。

自らの肉体を若き牡獣に生贄《いけにえ》として捧げるように、前後にも女体を揺すらせてくる。

「おおおおッ！」

颯太は魂からの咆哮を放ち、全身を悦びに震え慄かせながら、自身そのものを鮮烈な欲情の塊と化して、猛然と肉棒を律動させはじめた。

「はううぅっ。ああ、そうよ。これが欲しかったの……。あなた、もっとしてください。あはあぁ……は、はしたない玲香をイキ狂わせてくださいぃぃっ！」

玲香は、巨根に肉体を押し拡げられ、完全に貫かれ、出し入れされて、深い悦楽の爆発に撃ち抜かれていった。

颯太は、またしても夢を見ているのだと思った。全身を得も言われぬ解放感と充足に満ちた歓喜のうねりに支配されている。

これまでに味わったよりも遥かに深く、豊穣な悦びに全身を包まれている。魂がブルブルと震えているのさえ知覚していた。純粋に玲香だけを愛する無垢《むく》な魂だけが、いまの颯太を衝き動かしている。

「ふおおおおぉ。ああ、またイクっ、あなたあああああぁぁ～～っ」

颯太と玲香、互いの性悦までが一つに結びつき、二倍、三倍、それどころか何千、何万倍にも膨れ上がり、次々に誘爆していく。

濡れまみれたカラダを入り口から深く撃ち抜いては、先端で子宮口を激しくノックさせるたび、三度、四度と玲香が絶頂へと昇り詰めていく。

ふしだらな喘ぎを大声で叫び、達するごとに熱い雫を溢れさせ、ねちょっ、ぐちょっと羞《は》ずかしい音を立てさせる。

凄まじい官能は未亡人准教授の全身全霊を官能に染め上げ、ほとんどなす術もなく燃えるがまま、濡れるがままに、牡肉を味わっている。

颯太とて同様に、凄まじい興奮に包まれたまま、あり得ないほどの悦楽が分身から生じていて、何ゆえに自分が射精せずに済んでいるのか判らないほどだ。

けれど、その終焉は確実に迫っていた。婀娜っぽい尻朶《しりたぶ》に自らの腰を勢いよくぶつけ、ぐちょぐちょの蜜壺を突き上げるたび、やるせなくも切ない焦燥感が確実に積み上げられていくのだ。

「そろそろ射精《で》ちゃいそうだ。いいよね玲香？」

颯太が許可を得たいのは、未亡人准教授に孕ませたいから。以心伝心、玲香がその許しを与えてくれる。

「ええ。あなた。お願いします。玲香はあなたの妻になるのです。あなたの子を孕むのも勤めです……」

やはり玲香は、古風に過ぎる。そんなことを想いながらも颯太は、凄まじい勢いでスパートをかけた。

パン、パン、パン、パン、パンッと尻朶を打つように己が腰をぶつける。練り上げた白い泡が女陰から飛び散るほどの激しい抜き挿しに、続けざまに玲香が昇り詰める。

「きゃうううううううううぅぅっ！」

細い頤を天に突き上げ、美麗な背中の筋肉をヒクヒクと痙攣させてイキ果てる玲香。艶脂の載った美尻を颯太の腰に擦り付けてくる。より深いところで精液を浴びようと牝本能がそうさせるのだろう。颯太はそんな新妻の痴態に満足しながら短く呻き、肉柱の先端からズドドドッと劣情を迸らせた。

凝結した精嚢をべったりと股座に密着させ、根元まで逸物を呑み込ませてイキ果てる。

颯太の猥婦となった悦びに膣肉が収斂《しゅうれん》を繰り返す。牡肉にすがりつくように肉襞をひしと絡め白濁液を残らず搾り取ろうとするのだ。

「ぐふううっ。搾られる。玲香のおま×こに、ち×ぽが搾られる……あぁ、もっと搾って……俺の精子を全て搾り取って！」

種付けの本能に支配された若牡が、熟れた未亡人准教授に乞い求める。颯太のおねだりに従うよりも早く、受胎本能に捉われた牝が肉幹を蠱惑と官能をもって締め付けてくれる。

余りある精力で、短時間のうちに生成したばかりの夥しい精をぱっくりと開いた鈴口から直接子宮へと注ぎ込んだ。

「あはぁ、おま×こ溢れてしまいます……。あなたの精子で子宮がいっぱいに……。あぁっ、熱いのでイクっ。玲香、精子でイクぅ〜〜っ！」

常識外れなまでに樹液を流し込まれた玲香は、文字通りその牡汁に溺れ、はしたなくもイキまくる。

極太の肉幹がみっちりと牝孔を塞いでいるから、溢れかえった精液に行き場はない。自然、膣内で逆流し、子宮を溺れさせるのだ。

それでも颯太が肉勃起を退かせようとしないから、白濁液が愛液と混じり、白い泡となって蜜口からポタポタと漏れだした。

濃厚な男女の情交に、布団を覆うシーツは乱れまくり、室内には牡牝の淫らな匂いが、消えることなく充満していった。


「ねえ、本気だよね？　嘘じゃなく俺と結婚してくれるのだよね？」

訪れた気だるい静寂《せいじゃく》にも、颯太は今一度玲香に念を押さずにいられない。

颯太に腕枕されて、うっとりしているアーモンドアイが、小さく頷いてくれた。

「嘘ではありません。あなたの方こそ、今更、嘘だなんて言わないでくださいね」

穏やかでチャーミングな笑みを浮かべる玲香は、正しく女神そのもの。その唇をチュッと掠めてから「もちろん！　嘘のはずないいじゃん」と颯太は安堵におどけてみせた。

「それで、卒業しても大学に残らずに、どうするのですか？」

端麗な顔つきがいつもの准教授のそれに戻る。

（いや、違うか……。いつもみたいなクールさが感じられない。むしろ愛情たっぷりって感じだ……！）

朦朧とした官能の余韻に、未だ全身を痺れさせているせいか、どこか美貌にも蕩けた雰囲気が残されている。

「勘違いしないでくださいね。結婚するからと言って性急に就職を決めたり、妥協したりしてほしくないのです。あなたのことが大切だし、大好きだから……。しばらくは、玲香があなたを養っても構わないのだし……」

こんなに颯太を甘やかしてくれる玲香ははじめてだ。けれど、この姿こそが、本来の彼女の姿なのだろう。

「うん。それがね……。無謀かもしれないけれど、俺、もう一度ラグビーに挑戦してみようかと思ってる」

思いがけない颯太の言葉に、アーモンドアイが大きく見開かれる。その瞳を見る見るうちに涙で潤ませ、賛成とばかりにうんうんと頷いてくれるのだ。

「玲香は気づいていていたのだね。本当は俺がラグビーに未練を持っていたこと……。膝の爆弾でこれまでのようには走れないから、ウイングのポジションは諦める。だからスクラムハーフに挑戦してみようかと思うんだ」

簡単に言えば、スクラムハーフは、攻撃の起点となる役割を果たす。

地面に転がったボールを拾いながらパスするという一連の動作を、しゃがんだ体勢で素早く行うスクラムハーフは他の選手に比べ、小柄な選手が多い。

それほど体が大きくない上に、俊敏に動ける颯太には、ある意味、適任ともいえるポジションなのだ。

「まあブランクが半年以上もあるからハンデが大きいし、社会人でプレーするにしても取ってくれるチームがあるかは判らないけど、それだけに挑戦のし甲斐《がい》もあるかなって……」

思えば、その勇気が湧くようになったのも、三人の美女たちのお陰だ。

ひたむきに練習に打ち込む佳純。強い心と信念で道を切り拓《ひら》いていく彩音。そして周りに左右されることなく柔軟な思考を持ち、時に混沌の海に乗り出すことも厭《いと》わない玲香。そんな三人の背中を目にするにつけ、自分の意気地のなさ、根性のなさを痛感させられてきた。

己が欲しいモノを手に入れるには、それ相応の努力と勇気が必要なのだ。

いつの間にかケガに逃げ、諦めようとしていた颯太を彼女たちが奮《ふる》い立たせてくれた。

「そのサポートを妻として玲香にして欲しい。側にいるだけでいいんだ。玲香は、俺の勇気の元だから……」

力強く言ってのけた颯太の首筋を、新妻となるおんながやさしく抱きしめてくれた。ただそれだけで、颯太の内に力が漲る。

「ああ、玲香。そんな風に抱き締められたら、また欲しくなっちゃうよ！」

互いの未来を見つめあいながら、二匹の獣は再びカラダを重ねるのだった。


（了）

※本作品はフィクションです。作品内に登場する
団体、人物、地域等は実在のものとは関係ありません。

みだれ酔《よ》いお姉《ねえ》さん

〈書き下ろし長編官能小説〉
2022年11月21日初版第一刷発行

著者……………………………………………北條拓人
デザイン………………………………………小林厚二
発行人…………………………………………後藤明信
発行所……………………………………株式会社竹書房
〒102-0075　東京都千代田区三番町8-1
三番町東急ビル6F
email：info@takeshobo.co.jp
竹書房ホームページ　http://www.takeshobo.co.jp
印刷所……………………………中央精版印刷株式会社

■定価はカバーに表示してあります。
■落丁・乱丁があった場合は、furyo@takeshobo.co.jp までメールにてお問い合わせください。

©Takuto Hojo 2022 Printed in Japan

好評既刊

長編官能小説
艶めき町内会
河里伸一 著
町内会の仕事を任された青年は地域活動の裏で欲情した人妻たちに誘惑されて…!? ご近所ハーレムラブロマン!
770円

長編官能小説
とろめき熟女と夢の新性活
桜井真琴 著
ずっと憧れ続けた美熟女との再会をきっかけに、青年は美女たちに甘く迫られて!? 俊英が描く新生活エロス!
770円

次回刊行案内

長編官能小説
宿なし美女との夜(仮)
伊吹功二

気鋭が描く家なし美女との甘い夜!
2022年12月5日発売予定!!
青年は一夜の宿を求める女たちに淫らに誘惑され…!?
770円